甜美的悠閒

杜杜

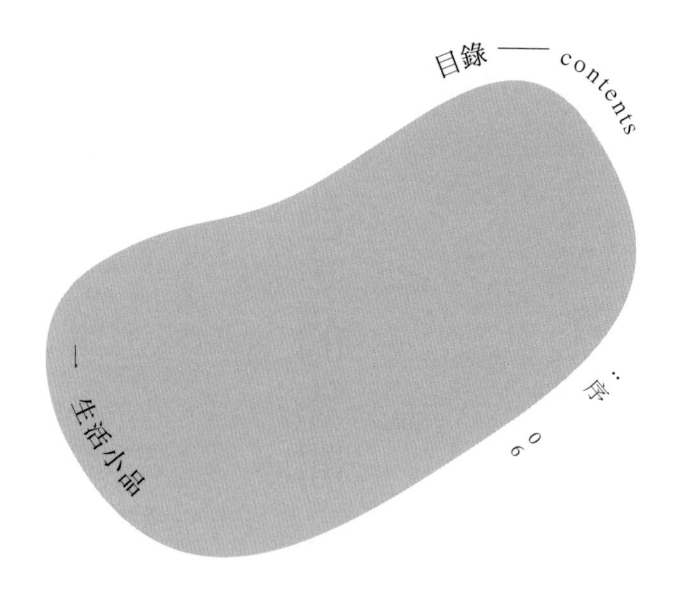

目錄 —— contents

二、談文說藝

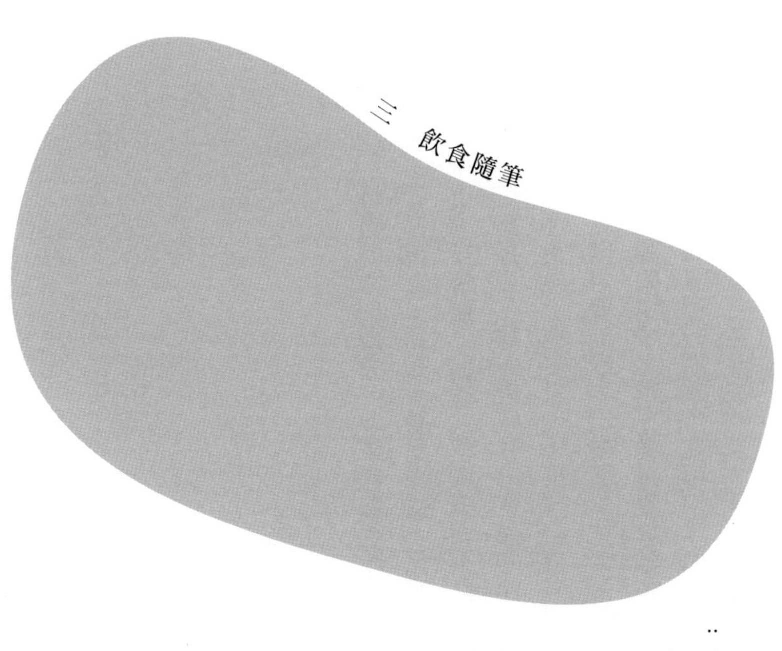

三 飲食隨筆

序

這樣的一個書名，本來無傷大雅，但是現在看來似乎不合時宜。然而我還是喜歡保留它，我甚至願意相信，悠閒，在此時此刻，能夠發揮軟性的精神治療作用。好像在一部意大利導演安東尼奧尼的電影裏看到這樣的畫面：廢墟中有小男孩獨自在彈一座破琴，疲憊的路人偶然經過，駐足聆聽。或許那叮咚的琴聲竟然也給予他安慰。小男孩並沒有理會，繼續低頭專注。在災難重重的日子裏，尤其需要提醒自己樂觀；在緊張的情勢之下，愈是要放鬆身心和保持冷靜；在喧鬧的環境之中，總得找尋維護心境平靜之道。如果這樣的一本小書，讓一位素未謀面的朋友拿在手中，能夠給他帶來一個寧靜適意的下午或晚上，好讓他再面對新的一天，那麼這本書的出現也就不會是毫無意義。

杜杜

二〇二〇年十月二十四日紐約清晨

生活小品

甜美的悠閒……

四十年前，曾經在香港大會堂看過一次世界青少年畫展，其中一幅是汽車的鉛筆素描，把汽車的形態捕捉得精密準確，但是偏偏將車頭燈的部分留下了兩個圓形的空白。只聽得身後面有位帶領學生觀展的老師在講解：「為什麼偏偏要留下這兩片空白？我們不知道，但是我們可以隨意猜想。或者他畫到這裏忽然有了倦意，就此結束。又或者他想告訴你，這並非一部真的汽車，細密的筆觸之下只不過是一片空白罷了。又或者他認為把汽車的全部細節交代清楚，變得死板呆滯如同照片。總而言之，我覺得這圖中的空白真是妙不可言。」說是不講理也好，說是開玩笑也罷，這空白向我們的慣性思維挑戰，那麼也就趁機坐下來，停止沿着思路前進，略為休息。那就是空閒。時間空白了也就變得悠長，所以又叫悠閒。享受悠閒的時候，又會在不知不覺間走進了悠然自得的境界，所以意大利人又說，甜美的悠閒：dolce far niente，可以直譯成甜美的什麼都不做，或者甜美的游手好閒；這亦一再說明悠閒即是空白，那是中國山水畫裏面經常出現的，隔斷了遠山的輕煙淡雲，好像有，又好像沒有，其間有無限的天長地久，人世悠遊。

和路·迪斯尼卡通長片《小姐與流氓》（*Lady and the Tramp*, 1955）裏面，小姐在周末把拋送在前院草地上的日報從門上的活動狗板擠壓着拖入屋內，把日報的中間拖出了一片大洞。主人一邊吃早餐一邊看穿洞報紙，對他的太太說：「親愛的，自從有了小姐之後，咱們愈來愈少看到令人心煩的新聞了。」《丁丁歷險記》系列連環圖裏面則更為神奇：丁丁在家吃歐陸早餐之際，手握的那一份報紙一清如水，沒有任何圖片文字，和丁丁的愛犬雪花一般模樣。這可不是世界上最教人舒暢的報紙？

不說而說，不寫之寫。《紅樓夢》裏頭賈府三艷初次亮相，曹雪芹用工筆將迎春和探春描繪一番，但是寫惜春只是「身量未足，形容尚小」。這裏有脂硯齋的朱筆眉批曰：「渾寫一筆更妙，必個個寫去則板矣。」亦即是說，藝術裏面的空白之處正是最活最靈的所在；交響樂曲終之後的那一兩秒靜止最是餘韻無窮。希治閣的《迷魂記》（*Vertigo*, 1958）裏面，占士·史超域追蹤神秘美人金露華，來到一家古老的旅館。他眼看着金露華步入旅館，又眼看見她在二樓的窗前出現。他跟着進入旅館去問女掌櫃，她卻說金露華今天並沒有來，甚至讓他上樓去看那空着的房間。他穿過窗子往外望，連金露華剛才駕駛而來的綠色房車也消失了。這一段情節最耐人尋味，完全不合情理，也完全沒有解釋。整部《迷魂記》彩色、意象組織嚴謹，故事肌理綿密，獨是在這裏留下了一點空白，讓電影透透氣。希治閣對杜魯福說，他就是故意加入這樣的情節，好讓兩夫婦看戲回家之後，一邊吃三文治喝咖啡，一邊就這一段情節探討不已，倍增觀影之樂趣。

冬日清晨靜坐窗前：窗外細雨，雨外垂雲，雲外天空；天空之外是什麼？

二〇一九年

放鬆神經
……

許多年前，西西說過：「洗碗真好玩，有那麼多的泡泡。」那些完美的透明小圓球還呈現出流麗的彩虹，叫人看了心曠神怡。這一晌忽然生了許多事情出來，時間不夠用，但是依舊要煮飯做菜，進行一日三餐的善後清理工作之際未免口出怨言，徒然影響老伴的情緒，幸好及時察覺出自己的愚蠢，也就安靜下來，轉看泡泡浮上飄落，夷然操作如故，只是放慢節奏，反正工夫長過命，急也沒有用。這樣一來，就在不知不覺間把碗碟都收拾乾淨了。快樂的首要條件是攬通自己的思想，不是改變別人的行為。前者古典，後者浪漫。古典的是：世界變來變去始終一樣，不如解甲歸田，種菊東籬。浪漫的是：我們要改造世界，於是革命。你看法國大革命的 Robespierre，他何嘗不是自以為是個廉潔正義的理想主義救世者，之不過如果你唔聽佢講，佢就要斬你個頭。結果發現唔聽佢講嘅人愈來愈多，斬到最後連自己嘅頭亦俾人斬咗落嚟。放眼四周，宗教團體、商業機構、工作場地，甚至家庭裏面，都不乏這種漂亮人物、緊張大師，重則成為獨裁者，輕則做了餐桌暴君，硬要把自己的一套加在別人身上，稍有異議，立即暴跳如雷，弄得人人神經過敏，帶來許多不幸和痛苦。翻譯大家傅雷的藝術貢獻不容忽視，我曾經看過他的稿紙上印有「迅風疾雨樓」的字樣，對他勤奮認真的工作態度肅然起敬；後來偶然讀到馮晞乾在專欄述說宋家的老工人曾聽到過隔壁傅雷在家尖聲高叫，扔東西打小孩，可見壓力過大，這般剛愎自用始終不是精神健康之道。

法國聖女里修的德肋撒（St. Thérèse of Lisieux, 1873-1897）在世的最後一年身患肺病，父親已經在飽受精神病困擾之後去世，聖女自己也遭到種種信仰的考驗，但是她在給一位前往莫三比克傳道的神父的信裏面有這樣的勸喻：「別以為你所做的是非做不可，又或者有什麼用處。世界的一切都已經妥善。你所做的只是為了滿足基督的興致。」即是說，我們所做的一切，只不過是無所為而為，亦即是是為了愛。千萬不可自以為是，以為是替天行道，不管一切，定要成功，因為這樣一來已經有了私心，有了自我，也就是已經入了魔道。

走鋼繩之道在於精神絕對集中，不能稍有不慎或分心。但是一般小朋友一聽到家長或者老師說「讀書要集中精神」，立即皺眉頭握拳頭，整個人的坐姿也僵硬起來，錯把緊張當作集中，馬上有了自覺性，而這樣一來，書更加讀不進去了。真正的集中精神反而是小朋友在玩自己最喜歡的遊戲之際所具有的全盤投入精神，完全忘記了自我，玩得出神入化，人和遊戲結成一體。走鋼繩者也絕對沒有空間去想自己是否會失足跌下，他只是將精神完全放在保持平衡這一關鍵上頭；這也是忘我境界。弓箭手會告訴你，發箭之時注意力全放在遠處的目標，這注意力自然而然地引導了箭的方向，調整了弦的張力。

做一件事情，不要事先擔心成功失敗，不要一意孤行硬要依照自己的意思去做，總得順着形勢行事。硬要成功，也是一種私心，私心引致精神緊張，患得患失，反而敗事。

二〇一八年

存在的輕盈

妹妹來紐約，相約飲茶。我無由來的想起了長久沒有消息的童年玩伴，妹妹說：「他三年前剛回加拿大退休不久，就在油站給汽車撞倒，重傷不治。」這些所謂意外其實時會發生，我們活着的倒是例外。歐洲中世紀有一派哲學認為在大自然中，死亡才是恆久的常態，生命只是偶爾出現的短暫奇蹟。有此一想，頂上生出光環，整個人立即輕盈起來，口中的一塊龍蝦波子肉變得滋味無窮，妙不可醬油。原來生命的明艷華彩，是由死亡的陰影反襯出來的。我拎着沉甸甸的水果蔬菜踏着木板樓梯隆隆地拾級而上。手中往下墜的重量，腳板壓在木板上而產生的反彈，還有耳膜因音響而有的震動；這一切不就是無可否認的存在和真實麼？我所喜歡的撒姆爾・約翰生（Samuel Johnson, 1709-1784）

不喜歡柏克萊主教（Bishop Berkeley, 1685-1753）的唯心論；他使勁踢一塊巨大的石頭，說：「我以此反駁柏克萊。」之不過這塊石頭和他，如今安在？這話如果說錯了，親愛的撒姆爾・約翰生在天之靈一定會原諒我。存在的真實會不會隨着時間流逝，就變得不真實呢？又或者套用老土得不能再老土的說法：不在乎天長地久，只要曾經擁有。那也就是存在主義宗師沙特（如今還有誰記得他）所說的：「即使這地球和人類最終的命運只不過是在一道冷光之中消失，那又如何？重要的是曾經存在過，曾經有意義。那就夠了。」千言萬語的哲學探索，結論還是極度簡單易明。而夠與不夠，不需理論去作決定，全在一念之間的覺悟。

生之不可承受的輕盈，其實沙特早就在他的小說《嘔吐》裏頭說過了：「我存在。甜美，多麼的甜美，多麼的舒緩。而且輕盈：你會覺得這存在悠然地飄浮着。騷動着，與我擦肩而過，溶解，消失。輕輕地，輕輕地。我喉嚨有冒泡的清水，在輕撫着我，冒升至口腔，滑過舌頭。這清水是我，這舌頭和喉嚨也是我。」沙特平生最討厭的文藝腔他自己也不能免，但是這段文字的確能夠捕捉存在的真實與輕盈，這兩種矛盾共存的品質。真實，因為五官的感受是最終極的驗證；輕盈，是因為一切的官感驗證隨着時間轉瞬即逝。

十多年前的一個夏日，曾經獨自步行在曼赫頓的第五大道，一陣愉悅驟然降臨如同鴿子，只覺得通體透明，頓悟人生一世，沒有什麼大不了的情和事，只有這一刻自身的存在是這樣的完美無缺，自給自足。街道上陽光明亮，如同鋼琴叮咚，溶溶流瀉得無處不在，行人來來往往，卻出奇地寧靜安詳，似乎和我毫不相干，然而我的確是人海中的一滴，怡然地散發光華，那是對每一個行人都懷有的善意。那愉悅很可能只是身康體健而自然產生的生理感受，又或者有更為玄妙神秘的因由。我沒有留意這愉悅維持了多久，又是怎樣消失掉。只是記憶分明，曾經有過。

二〇一九年

靜靜聆聽的朋友
…………

朋友在一起談些什麼？評論時事，月旦名人，天南地北，就是不要談心事。談心事極為冒險：向別人承認自己患有絕症容易，承認自己不快樂卻難比登天。一般成年人都不大願意向人訴說自己精神方面的困擾和痛苦，原因是怕難為情，羞於啟齒。牙痛或肚痛，可以坦然和朋友提及，並交換治療心得。如果是心痛，卻不知道從何說起。說得太概括了，怕朋友不明白，把自己的痛苦轉為笑談。（貝克特荒謬劇裏頭的名句：沒有比不快樂更為可笑的事。）說得太詳細深入了，又怕洩漏了太多自己的秘密，又或者引起朋友的煩厭。更令人沮喪的是，朋友竟然肯花時間精神對自己好言安慰一番，卻完全不看邊際，聽到了只有徒添煩躁，深悔自己多此一舉，決定以後還是把心事藏在心裏。

我們可都有過安慰朋友的經驗？那可是極為寶貴的機會，因為朋友信任自己。安慰朋友要態度慎重，否則一不小心，反而做了約伯的安慰者。最重要的是耐性細心地聆聽，不要隨意插嘴，也不要太快發表你的意見。朋友肯對你吐心事，已經是一大突破。只要在一旁在適當時機作點提示，表示你明白，對他的處境深感興趣，鼓勵引發他繼續說下去。一個肯說，一個願聽。且別論尋找解決辦法，只是這交流之間的宣洩，同情和關切，已經是一場功德，在不知不覺間起了淨化和治療的作用。

我在安慰朋友之際也犯過一些錯誤。你不要不開心呀。你別自尋煩惱呀。你要努力超越自己呀。你的痛苦別人也有，並沒有什麼大不了。這一類近乎教訓的話徒惹朋友的反感，而且聽來像是風涼話。我也曾經試過說：你且放眼去看世界各地的戰爭災難。你的煩惱痛苦，相形之下，真微不足道。這也成了教訓。尤其要不得的是：利用別人的苦難來減輕自己的痛苦，豈不是幸災樂禍？

更重要的是，你能否對朋友提供具體的幫助？「他們只是說：你別傷心啦。你別難過啦。卻從來沒有人說：我能夠幫助你嗎？」這話真值得一聽。當然，長期的聆聽也是幫助的具體表現。同情和關懷，往往流露於溫柔的握手和慈悲的眼神，尤勝言語。

能夠有一個願意靜靜聆聽自己訴心事的朋友，並且願意切身處地去了解自己的感受，而不妄下批評和結論，真是莫大的安慰。

二〇一七年

告訴石頭……

法國聖女德肋撒有一次責備一位修女，說她不應該經常在人前訴苦。這位修女聽了，便說：「是的，我知道了。從今以後，我不再在人前哭泣，我的眼淚只流給天主看罷了。」聖女立即回應：「對天主流淚！這絕對不可以。在你的造物主面前，你尤其不可以哭喪着臉。」

有些說話，有些感覺，還是不說的好。尤其不要對至親至愛的人說。這並非虛偽，而是體諒和禮貌。禮貌？最理想的夫妻關係是相敬如賓，保持一點距離，甚至保留一點秘密。俄國文豪托爾斯泰在婚前將自己的日記交給未婚妻桑雅；桑雅看了，大為震驚，淚流滿面，說：「那太可怕了。但我原諒你。」此等肝膽相照的所為，文豪則可，我等凡夫俗子則不宜。而且我相信，托爾斯泰晚年的家庭悲劇，有一部分和他的極端坦白有關。人類不能面對太多的真實，只因為存在一點都不輕盈，叫人不勝負荷。而托爾斯泰在《安娜．卡列尼娜》這部長篇小說裏面，也借列文之口說過這麼一句話：「在我心靈至聖之處，照舊有一道牆將我和其他的人，甚至我的妻子，隔開分離。」

體諒？愈是自己的親人，愈是不想傷害他們。向他們訴苦，徒令他們煩惱擔心。況且有一種苦惱問題愈說愈不可收拾，不說反而可以慢慢地消化掉。訴苦埋怨也很容易變成習慣，那倒不如培養樂觀的態度，讓身邊的人也分享自己的微笑和愉快。

啊可是人心裏面還有許多不可說不可說的曲折隱憂，怎樣處置？古印加族有這樣的儀式：向一塊石頭訴說了一生的悲苦與罪過。是的，將一切移交石頭，讓石頭去承擔。

一九八一年

逛街

城市的街道曲折離奇，縱橫交錯，如同迷宮。行人的腳步各自有不同的節奏，有的緩慢，有的急速，有的遲疑，有的肯定，有的優游，有的焦躁。這些腳步永不休止地往來穿梭，感覺上如同布烈遜的電影。這些腳步無可避免地展示了各種行人的內心世界，叫人願意將眼睛向上移，細看那些臉孔，有如水中的阿米巴一般浮移、收縮、放大、消失，又再出現。都往哪裏去？

城市的風景自有無限的吸引力。只要有心情和空暇，我便會涼鞋一雙，清風兩袖，逛街去了。我所需要的只是一個極普通的藉口：買一隻丹麥天鵝瓷碟，或者，去辰衝問問，兩個月前訂的那本《大國民》到了沒有；又或者，今天天氣晴朗，那麼就往摩羅街去刻個圖章吧。我願意走在街上，將自己的腳步混在眾多的腳步之中，構成風景的一部分，同時又以局外人的眼光觀賞風景。

有人觀察河流而寫成一本書，描述河中的魚及岸上的生物；有人靜看一片草原而寫成日記，記錄了四季的變化。我是否也可以欣賞一條街道，也記錄它四季的變幻？百貨公司櫥窗內的展品，不是也隨着四季而轉換嗎？其敏感和多采多姿，不下於大自然的花草。同一條街道，在黎明、清早、正午、放工時間、黃昏、黑夜和午夜裏，都會呈現完全不同的面貌。在清晨，這老婆婆總會推着嬰兒車迎着早晨的微風和柔和的陽光，沿路而過。車上是一對肥胖的孿生子，雖然長得一模一樣，卻明顯地一個活潑，一個憂鬱。如果有一天早晨不見他們，那很可能是生病了。在黃昏，這母親不總是牽着她那弱智兒子一起散步嗎？他依着母親，怡然自得，在走至賣熱帶魚的檔口時，總會停下來凝望那些彩色艷麗的水中生物，口角掛着一條長長的涎沫。那母親如果發現有誰多看她母子二人一眼，眼光馬上射來，眼神中有多少傷害和自尊。

這些靈魂深處一閃即逝的秘密，貯存在我的記憶裏，正如有些人在海灘上撿拾各種瑰麗的貝殼那樣。我不是至今記得十年前的一個早上，在跑馬地的鳳凰臺對過的行人道上，迎面向我走來一名怒氣冲冲的漂亮女孩，穿着件黃色碎花裙子，打着一把粉紅色洋傘，腳穿白色高跟鞋，登登而來？在她的後面，她那同樣漂亮年輕的情人正在追趕着，路上的樹影投在他的身上，匆匆滑過——有這許多的幸福，看在旁人眼中，而他們自己渾然不覺。

逛街亦會帶來發現的喜悅。你以為很熟悉這條街道了，誰知道在轉角處還有專售古錢幣的半邊店。小小的櫥窗滿是灰塵，但是裏面的東西還真的一點都不便宜，東歪西倒地堆在一起，細看有貝殼的化石、蟹的化石、唐代的銀線小荷包——唐代的哪個女孩子用過的？她又有什麼故事？在無限的時光河流裏，我的眼神和這荷包相遇。然而我並沒有停下腳步去細想這偶遇所藏有的玄機奧妙，繼續上路，因為很可能在街道最隱蔽的角落，藏有一件自己求之已久的東西，例如說，一副十八世紀的描花啤牌，一套《紅樓夢》火柴盒，又或者是一片鍍金的菩提葉。

很可能，我之所以尋找這些毫無價值的小玩意只是一個表象。Walter Benjamin 曾遊遍巴黎，專為尋找收購一些瘋子的日記。而我不分晴雨晝夜地逛街，只是期望有一天我終於能夠走到這城市迷宮的最中心，並且在那裏看到了那神話中的牛頭妖魔。

一九八六年

臉孔和花園……

法國作家塞琳說過旅遊是一件好事，因為能夠刺激想像，其餘的一切都只是陷阱和幻覺。可是我並不需要依靠旅遊去刺激想像。我願意以蜜蜂的耐性在六角形的蜂巢小室之內去經營一個金黃透明的天地。何必浪費金錢和時間去希臘呢？照在愛琴海岸和那照在這海旁水泥地上面的，還不是同一個太陽。如果我所需要的不能在這窄長的海旁道上找到，也就不可能在希臘或者世界上任何地方找得到。心靈就是他自己的地方。明白了這個，也就明白了一切。

即使是這樣一條窄長的海旁走道，也足夠我看掉了一生的時光。這條走道的兩旁並沒有婆娑的石榴樹在風中擺動，也看不見彩色艷異的鳥兒拖着鳳凰的尾巴飛翔，有的只不過是石上靜默而迅速地爬行的水甲由罷了。在早上、中午、黃昏、夜晚，在陽光普照的日子，在煙雨濛濛的日子，在風暴肆虐的日子，在我快樂、不快樂，和不不快樂的日子裏，這地方都會呈現出不同的面貌來。有一次我從人家十八層高的露台向下望去，那條我日常經過的走道竟又以全新的面貌向我展現：一條長而又長的灰色絲帶筆直地沿海伸展開去，一大片海洋就在絲帶旁邊細緻地閃耀着。下面還傳來三四歲小女孩的歡笑聲，迴旋上升如同雲雀。

人的臉孔何嘗不像一個地方？英國詩人 Thomas Campion 寫過一首詩〈她的臉上有一座花園〉，那可真是一座看之不盡的奇異花園，其間有玫瑰、百合，和櫻桃，至於喜怒哀樂的變化亦即是四季氣候的轉移。你以為已經認識這副臉孔了，卻出其不意地又有了新發現。那天我在菜市場旁邊的一個小花市看到了阿嬴和她的丈夫在一起。她正彎下身低頭去嗅一棵青綠色的植物，臉上流露出我從來沒有見過的平靜的微笑。我在驚訝之餘靜靜地走開了。我一下子實在不能確定，是否這一刻的她才是真正的她呢？後來細想得到的結論是：每一刻的她都是真正的她。生命流動不息如同河流，不論是海旁的一條走道還是一副女人的臉孔，它在每一刻呈現的風景也就是它的全部真實性。量一量巨人的腳指，也就能推斷出他整個的高度。透視了一點，也就掌握了全面。捕捉住一刻，也就接觸到永恆。

一九八六年

海濱小屋

⋯⋯

一位古希臘蓋世英雄在垂死之際感嘆道：「我這一生人一直希望享受三樣東西而苦無時間和機會：海濱一間小屋，籠中一隻金絲雀，盆中的一棵羅勒。」大人物往往有這樣的悵惘。他們一輩子工作繁忙，責任重大，死前迴光反照，忽然追悔自己的選擇。寂寂無名的小人物反正天天遇到的都不外雞毛蒜皮，倒會暗中希望一嚐大丈夫的權勢和榮耀。我們總是嚮往山的另一邊，卻不知道山的另一邊也正有人在猜測我們這一邊的生活又是怎麼樣的一個景況。沒有走上的那一條路永遠是美麗的，因為只存在於無邊的想像空間：路上會有怎樣清涼的樹蔭，如何瑰麗的花朵，花朵之間又會有怎樣輕巧的蝴蝶在摺翅穿插？實在可以供一生一世的想像，一邊走着已經走上了的那一條路。有位大作家在晚年難耐的淒涼寂寞之中捧着自己厚重的著作，無限感慨地說：「但願這本書能化作我的孫子，沉重溫暖地坐在我的膝上，對我微笑。」怕只怕他真的兒孫滿堂，又會嫌吵鬧。他膝上的孫子甚至會給他撒一泡尿。

至於那位古希臘蓋世英雄所希望享用的三件事，聽來簡單，卻非小人物所能享用得到的。要在希臘那充滿陽光的海濱擁有一間小屋，似易實難。金絲雀的價錢肯定不便宜。至於羅勒，更是希臘皇族專用的香草，可作藥療，又或者使浴湯散發出薄荷的清香。這位英雄想過凡夫俗子的優游生活，但是這樣的生活還得依靠權力和金錢去換取。

《追憶逝水年華》的作者普魯斯特說：「別人的幸福有個好處：我們能夠相信。」能夠相信，是因為看不到內情，是因為一切都被簡化了。至於偶然感喟說想改變，乃是人之常情。不過現實中的一切總是瓜拉籐籐牽瓜地糾纏不清，要改變的話也牽涉太多。一個人如果對自己的生活長期抱怨而沒有採取實際行動，那也就不必同情他，因為他其實並不真的想改變。那希臘英雄的死前追悔也只不過是不自覺的風涼話罷了。

一九八四年

見雪

::

飛機坐了十多小時，從香港到東京，再由東京轉往紐約，漸漸的顛倒晨昏，沒有了時間觀念，體內的休息調節器失靈，跟不上這突如其來的改變，人睡不着，雖然很疲倦。飛機上放映的電影是《投降》，莎利·菲爾和米高·堅主演，看十五分鐘已經看穿它的橋段用意，再不想看下去；吃東西也沒有什麼好吃，而且吃是填補精神空虛狀態的下策。於是起來走向機艙的尾部，略為舒筋活絡。那裏靠近緊急門閘處有一口小窗，彎身探前望出去，黑沉沉的背景上只浮現了自己的臉孔，於是拱着雙手擋着光再看，黑得厚實而不見底，深不可測。絕對的黑，沒有一絲光亮，沒有一點顏色，沒有任何形狀，沒有前後左右東南西北的方向移動。黑到這個境界，是光的絕對反面體，也就是另一種光。

域陀．雨果在死前喃喃自語：「我看見了一道黑色的光。」現在我也看見了，我的心就想：「這正是上帝唯一可見的顏面；這是上帝那不可思議的沉默。」

過不久有一對日本青年走了過來，拿着一張地圖在指指點點研究一番。然後天就漸漸亮了。再望出去，發現自己在雲海的上面。雲連連綿綿地一直伸展至最遠處，構成一輪巨大無比的圓形。在雲海的盡頭邊緣處，金燦燦的太陽光靜靜地滲了出來，將藍天化染成一片莊嚴。望着下面的雲，浮凸玲瓏地一堆連着一堆，像上千上萬的羊群，忽然都凝住在那裏了。我身旁的日本年輕人忽然說：「看，那是阿拉斯卡。」

我向下一望，雲不見了，晴空無邊，只見一片山脈，蓋滿了雪，幼細有如麵粉，其光采潔白又像軟剃鬚膏。陽光將凸出的尖峰亦染上一層金橙色，光影相襯，一股喜悅自心頭油然而生。我告訴自己：「那是靜止的雪。」

到了紐約希望看見下雪，希望看見雪在飄落時的靈動與寧靜，但人們告訴我雪季已過。誰想安頓下來的次日早晨九點鐘，大兒子叫我看窗外。細細的白點子不知從天上的哪處飄灑下來了。起初很疏落，跌在窗上竟再化成水，然後愈下愈密。雪點子小的像粉末，大的像鵝毛，徐徐的順着風勢灑下，其中較細的雪片不受風力影響，自顧自地在空中飄飄蕩蕩，活潑異常，過一陣才夷然落到地面。不多久，窗外的一棵大樹和整個庭院都蓋上了雪。連草地上兩個翻倒側躺的桶子，也兼顧無遺。我喜歡雪的一視同仁。綠的草，黑的樹，紅的桶，全部化白。我足足看了十五分鐘。雪下了半小時。下午太陽一出，又消融了。

我打電話告訴住在郊區的妹妹，她說她那裏並沒有下雪。無端的下了半小時，在我來到的翌日早上，又叫我看到了。我心想：「這是上帝的一點溫柔。」

一九八八年

遇雪
：：

雪這回事，和愛情簡直沒有兩樣；隔着窗子觀看真是賞心悅目，初遇也還能引起遐想綺念，但是一旦置身其間卻煩惱無窮。年輕的時候看維斯康堤的《白夜》，最難忘瑪莉亞．雪兒和馬車路坐在橋下的小船上，雪忽然從黑夜的天空飄灑下來，浮盪輕盈如同鵝毛，瑪莉亞禁不住伸手迎接，笑容燦爛。馬車路與她同樂，卻不知道那正是他自己愛情幻滅的時刻。當然如今這一切都不再重要，因為兩人都早已作古，愛情的得與失同樣地煙消雲散，了無痕跡。一九八九年我初到紐約不久，便在嚴冬前往 Ziegfeld Theater 看全新版本的《沙漠梟雄》首映，真是開心。散場後獨自一人在雪夜中回家，戲中的碧血黃沙和 Maurice Jarre 的配樂仍然腦海繞繚。至今記得歸途上那寧靜滿足的感覺；我還年輕，可以為了心愛的電影而毫不在意寒冷和黑夜。漫天風雪，前面彷彿是走不完的路，未來的日子好長，且讓自己一步一步地走過去。腳底下的新雪踏上去悄無聲息，柔軟如糕。一個個腳印歷歷分明，清楚肯定。去日苦多，來日未知，只有這腳下的雪勾勒出當下的真實存在。

一九八八年三月十八日剛到紐約的翌日早上，大兒子叫我看窗外。父子兩人靜靜地站在窗前共看那細雪巧妙地把房屋樹木粉妝玉琢，化成琉璃世界，父子兩人沒有說一句話，只有超越語言的思想在兩人之間交流。雪霽的那一刻，有天地初開的明淨清朗，那種父子的感應一生人可能就只有那麼一次；轉眼之間三十年過去了，我認識到雪的另外一個顏面。為了上班沿着大雪後的行人路行走簡直危機四伏，一個不小心便會滑倒路旁，弄髒衣服。被汽車反復輾過的雪堆化成灰黑的泥濘，叫人頓悟原來最皎潔的天使也有可能淪落到最不堪的境地。世事無常，人與人之間的感情也同樣飄忽變幻。

子女自立門戶之後，我對雪的喜歡就滲入了更為複雜的因素，主要是下雪的善後工作要親自去處理。起初有小朋友敲門，替我鏟雪，只要給他們一點工資。兩年前我學會了自己鏟雪，多半是因為要向自己證明自己能夠獨立生活。年已不輕，只是老老實實地全副武裝，衣帽手套齊備，把前院和對開的一段行人路上面的雪清理妥當。時間隔得太久了，底下的雪壓結成冰，鏟子鏟不動，要用工具去鑿，那工程可就大了。後來學會了在下雪前預先灑鹽，下雪後盡快鏟雪。慢慢地一點點做，當是運動。有時候患了感冒也鏟雪，出了一身汗，洗個熱水澡，竟然舒服多了。我終於對雪有了多一重的認識。

二〇一九年

小蒼蠅

⋯⋯

關於幸福，當代小說家卜乃夫好像說過這樣的話：愈是刻意追求幸福的人愈是無法得到幸福，倒是那毫不在乎的人，幸福偏偏像隻小貓在他腳下團團轉。凡事不能刻意，也不可以自覺，總得發乎自然。幸福又像是脾氣古怪的刁鑽女孩，你愈要去討好她她愈是不理你；你總得冷她一冷，耐着性子等她主動來找你。你說唉呀萬一她真的因此而和我斷絕那可怎麼辦？那就拉倒。做人總要預先打定輸數，因為這樣便會顯得氣定神閒，贏的成數反而轉高；真理往往都躲在吊詭裏面。

忽然這樣的長篇大論，只是因為炎熱了兩天之後下了一場大雨，天氣轉為清明，而個人的心境只不過是這大自然的反照而已。現在是下午，我和老伴坐在對着後院的露台上，什麼話也沒說，只是各自靜靜的在觀望眼前的風景。老伴似乎把目光聚焦在晾衣繩索上的被套，灰黃相間的條紋，在微風中波浪一樣地起伏盪漾，在無雲的蔚藍色的天空對照之下，叫人份外心身舒暢。就這樣，她迷迷糊糊地合上了眼；我也由她去。我自己的眼睛驟然望見了一盆仙人掌上面的紅頭綠衣大蒼蠅，正伏在那裏搓着一雙前足，透明的翅膀在陽光中閃爍如同鑽石。牠渾然不覺地活在幸福當中，只有我知道；當然牠完全不知道自己是個漂亮纖麗的生物，也不會意識到牠的一生還不足夠使牠看一次月亮的盈虧圓缺。但是這一切都無關重要，因為牠那轉瞬消逝的夏日嬉戲也就是牠的永恆。照在活人身上的陽光也同時大公無私地照在活的蒼蠅身上。不管來日怎樣，這一刻牠的存在是完美的化身。

後院本來還有桑樹和桃樹，都一股腦兒下定決心叫人砍掉，連根拔起，鋪上青灰色的水泥，省得花精神和時間去照料。桑椹掉在地上會化成一片片的墨跡。如今看到那片光禿禿的水泥地，想起了那一樹明艷的桃花不再，悔意油然而生，還好立即便開解自己：但凡不能回頭的事只有接受，追悔徒然浪費了精力。後院有桃花看固然好，後院沒有了桃花別處還是有的。我想君子無入而不自得大概就是這個意思。

這叫我想起法國聖女里修的德肋撒的一個小故事：在春天的一個星期日，我高興地打算前往栗樹小徑，去欣賞自然景色。誰知卻大為失望！我心愛的栗樹全部都被修剪過了；但見已經冒出綠芽的樹枝，早就散得滿地都是。此情此景真是傷心慘目，我心想至少要等三年這些栗樹才能復原。但是我的悲傷並不持久。我這樣想：「如果我處身在另外一個修道院的話，這些栗樹修剪與否又與我何干？」這樣一想便完全釋懷了。

執着是煩惱的根源。

二〇一八年

上帝為什麼創造飛蛾……………

將一件鐵鏽紅的凱士米毛衣送到韓國女子的洗衣店，她把毛衣接過去一看，用國語說道：「已經有小洞了，還好看不出來，還可以穿。」我順便就護理衣服的事情向她請教。她說衣服第一要乾淨；沾染了汗氣和食物一定要立即清洗，不然的話就招惹飛蟲和滋生細菌。有一種極細的蟲，專吃凱士米羊毛，因為夠柔軟。穿過的衣服如果不能立即清洗，也不要和乾淨的衣服放在一起。驅除飛蛾，只有用樟腦才夠強力，其他的什麼香木根本發揮不了作用。樟腦半年便要加添一次。還好我不怕樟腦的氣味，雖然說對健康有影響，那也是沒有辦法的事。世事總難兩全；有得便有失。要殺細菌飛蛾，自己也得陪着受到一些損害。怕不了那麼多。她說牀單被套也噴酒精，可以驅蟲。我家裏保持得很清潔，但是在炎夏還是偶然會在浴室的牆角落看到潛伏不動的百足在白瓷磚上乘涼。萬一在睡房出現，那就更加嚇得魂不附體。看來我也可以試試噴酒精。她說酒精很快便揮發掉水份，並不用擔心會把牀單被套弄濕。

我乾脆再追問她家中可有米蛾，她說有。對付的方法是去墨西哥雜貨店買那種細長的辣椒乾，用紙袋包好放在米缸內。我從善如流去買了回家，改用透氣的茶包袋將辣椒乾放進去，相信效果會比紙袋更勝一籌。我試過用網上的建議把蒜頭放在米缸內驅米蛾，哪知道米蛾的幼蟲開玩笑似的就躲在蒜瓣之間。韓國女子笑道當然不會生效，因為蒜頭還是含有水份，適宜幼蟲生存。的確如此。在米蛾成災的日子裏，我曾經在沙漏水缸的一個角落裏發現了白米也似的米蛾幼蟲，一物如古，蠕蠕而動。又一次半夜裏去廚房喝水，只見大理石台面上有一片花生衣在微微飄動；我心想哪裏來的風？再定睛細看，原來是一雙正在交尾的米蛾。我想到這昆蟲給我製造的種種麻煩和破壞，怒由心生，也顧不得有傷天和，立即用紙巾中斷了牠倆的夏日歡愉，將之結果歸案。

韓國女子是基督徒，於是我在她那裏得到這許多驅蟲良方之後，還是不懷好意地故意問着她：「上帝為何創造這許多飛蛾害蟲？」她先是一愣，然後笑道：「沒有飛蛾我的洗衣店可開不成了。」這回答叫我想起來有位記者曾經追問德蘭修女：「如果這個世界上沒有了窮人，你們又將如何？」德蘭修女頭也不回，也沒有放慢腳步，只笑着邊走邊說：「那麼咱們可就要失業了。」

有人問馬丁．路德：「上帝不是無始無終的麼？那祂在創造天地之前又在幹什麼？」馬丁．路德回答說：「祂在把籐條割下，去抽打問這種問題的人。」不要花費時間和精神去問沒有答案的問題。面對困難，想辦法去解決便是。人生在世歸根究底還只不過是一場無事煩惱；如果一旦真的所有的煩惱都消失不見，人生也不成為人生了。

二〇一八年

手下留情……

大年初一清早，老伴還在熟睡，我便獨自往廚房操作，把紅豆年糕切片，預備煎柔軟了之後，配昨晚就做好了的八寶粥，之後是一小杯六堡茶，就是功德圓滿的一頓開年早點，亦可算得清麗流暢，當然是和老伴共享。年糕切妥當之後，砧板上有紫紅色的碎片；照往日的習慣，自然是隨手將之掃進垃圾桶，但是這天早上卻突然福至心靈，把這應節殘餘放進八寶粥裏面去循環再生，自我陶醉說是愛物惜福。且莫追問此舉的受益人到底是誰，但凡覺得是該做的便先做了再說。任何最微不足道的哀怜善工，也能夠在這冥冥的宇宙數學之中發揮正面的平衡作用。法國聖女里修的德肋撒因為修道院院長曾經說過不得浪費任何可供嚴冬作燃料的木材，便將削鉛筆得出的小木碎片也留下。我們凡夫俗子或者會認為她未免拘泥過份，但是這正是絕對忠誠的表現。要麼就不做，要做就做足一百分。當然我還不至於冒失到要和聖德肋撒相提並論，以偶然做到的一分去掩蓋其餘沒有做得到的九十九分，但若果說這一分是聊勝於無，倒也還說得過去。

紐約這邊過了個頗為寒冷的冬天，到了二月中卻漸趨暖和，且在這團暖和之中衍生出了一隻玉色的米蛾，在大年初一趁我和老伴吃早點之際突然浮現，忽上忽下，忽左忽右。在往常早就會拿出電拍將牠撲滅，這一次卻可能是因為物以罕為貴，只覺得牠靈巧纖麗，獨一無二，頗有點楚楚可憐的韻致，於是頂上頓顯光環，起了惻忍之心，由得牠在這立春建始之際，飛往那虛無中的虛無去尋找牠的生路。老伴在旁附和：「對呀；新年也要圖他一個吉利，要護生才好。」一語道破了我的私心當善行。

那麼蘇軾的「愛鼠常留飯，憐蛾不點燈」又將如何？不過是偶然客串一下佛性慈悲，為文而造情而已。想他平常吃黃州好豬肉還不是照樣吃他一個面不改容。至於我自己，萬一偶然看見了老鼠大哥，先就嚇得登時腳軟，哪裏還有閒情逸致替牠留飯？還有這米蛾，過去的幾個夏天在我家裏頗為興高采烈地熱鬧了一場。多半是從超市買回家的米惹出來的。蟲卵就在米裏面。天氣一暖，透明米桶蓋上一下子都滿滿的倒吊着長了翅膀的米蛾；細看之下，米中還有蠕動的白蟲，那麼的渺小，卻具有不可理喻的生命力，盈盈地蔓延到廚房裏的每一個天涯海角：麵粉袋因幼蟲做繭而生出的蜘蛛絲狀之物叫人想到了那依呀一聲而開的殭屍棺木；一包包妥當放在鐵罐內的南北杏照樣有本事鑽進去做大本營。連沙漏水缸內的一角也發現藏了一顆肥白如米之物，那不是米蛾的幼蟲又是什麼？我於是拿出了電蠅拍大開殺戒。哪裏還顧得什麼眾生有情，萬物平等？咱們連乾淨的白米飯都吃不成了。

但是大年初一，總得網開一面，說是護生也好，說是護心也罷。物我之間，總是關情。

二〇一八年

捉鼠記趣

　　十月頭裏的一天中午，我正在興高采烈地做擔擔麵，靜坐飯桌前的老伴輕描淡寫如實報道：「廚房有老鼠。」真正的晴天霹靂從來都細如蟬鳴。我登時敗了興，失去了胃口。老伴說：「我剛看到的；從雪櫃背後悄然無聲滑走到垃圾桶那裏。很細小的一隻，比我的拇指大不了多少。」我那慘淡經營出來的安穩整潔的小天地，就在那一刻出現了裂痕，死亡的陰影隱隱地投了進來。人生總是這樣的吧：正在你躊躇滿志之際，命運便出其不意地低聲向你耳語：「噯，我還在這裏。」以後半夜裏往廚房取杯開水，也得先穿上襪子，否則總會覺得腳下寒絲絲的了沒遮攔。四十年前在香港曾路經對着一家飯店後門的小巷，一隻老鼠突然奔走出來，濕冷柔軟的四足在我赤裸的腳背急速踏過。從此我就改掉了出門穿涼鞋的習慣，一直到如今，皆因為紐約這邊的地鐵不時亦有老鼠出現，在雨天乾脆在月台爬行，肥大的肚子貼着地面，拖着的尾巴長如蚯蚓。大模廝樣地，一點都不怕人。

我可沒有養貓捕鼠的意願。導演唐書璇曾說過她的貓故事：「一次在黑暗的樓梯間突然現出了一隻貓。啣着老鼠，貓眼發光，看上去就像一個化了濃妝的女人臉孔。」我倒是花了一筆費用購置了各式捕鼠工具。往網上一看，花式變幻無窮，結果選購了老鼠藥、老鼠夾、老鼠膠板，和電老鼠陷阱，真是如臨大敵。東西都在兩天後就寄到了。先用老鼠藥和老鼠夾。老鼠藥和在生油裏面用膠碟子盛着放在冰箱腳旁。老鼠夾上面放什麼呢？我找到了我吃剩下來的一角雙黃蓮蓉月餅，取下一小塊蓮蓉，心想：「這下子可好了。我終於和老鼠共吃月餅了。」其實我和牠不是同樣的具有五官和類似的消化系統嗎？我和牠的生命不是同屬一個源頭嗎？只是冥冥中牠生下來就是一隻老鼠，也就只好毫無選擇地做一隻老鼠該做的事情。次日早晨往廚房查看，夾子上空空如也，蓮蓉倒是不見了。我忽然對這從未打過照面的生物懷有一點敬意。然而我並沒有因此而改變初衷，把電老鼠陷阱拿了出來。說明書說這個陷阱可以捕捉一百隻老鼠。我想如果在我的餘生還能夠捕捉到一百隻老鼠，真不知道是倒楣還是走運。過了三天，我在下午發現那陷阱發出閃動的綠光，立即汗毛倒豎，因為那是陷阱有老鼠的訊號。本來可以把裏面電死了的老鼠倒出來，把陷阱再用。我為了免倒胃口，用長柄夾子把整個陷阱夾起來丟到外面的垃圾桶裏面去，眼不見為乾淨。

過兩天老伴說老鼠還在。那麼看來陷阱裏的可能只是蟑螂或者百足。我心想也就算了吧。看來牠比我還要害怕。只要看不見，也就當是沒有。我們對待死亡也是採取同樣的態度吧。有時候在廚房努力投入解決烹調的問題，根本忘記了牠的存在。人在應付來自四方八面的困擾煩惱，一天天的活下去，暫且忘了老之將至，大限難逃，並且不自覺地經營永生的幻覺，也是一件十分慈悲的事。

二〇一八年

鸚鵡吉祥

去年十月下旬的一個黃昏，我剛吃過晚飯，靜坐房中牀沿看藍光版本的《古屋怪人》（*The Old Dark House*, 1932）；才看到暴風雨中的車子遭泥濘阻塞，車中的夫妻倆因迷了途在吵架；鏡頭正特寫雨水從丈夫的耳後滴進衣領，忽聽得後院傳來陌生的尖聲鳥叫，不由自主便走向窗口外望，只見楓樹枝丫上一隻雪白的鸚鵡，側着頭動也不動，在暮色中隱隱發光，效果異常超現實，叫我不由得想起了小思紀錄的香港傾城野生白鸚鵡；莫非是牠們飛越海洋，前來亮相？我並不迷信，但是這不速之客教我忐忑不安，多半是因為顏色太不尋常。後院中時有彩色艷麗的飛鳥出現，但是這樣的野鸚鵡卻是頭一遭。紐約野鴿子本來多的是，如今也漸漸給杜絕了；但是野生的白鸚鵡還真把人帶進魔幻境界。況且鸚鵡的破壞力特強，說不定明天要往後院掃除一地的斷枝碎葉。我念小學的時候曾經在一位姓陳的同學家中見過一隻有粉紅色胸腹的白鸚鵡，會得打轉和翻筋斗，非常有趣，我不禁伸手去逗牠；牠登時張喙便咬；我還沒有來得及把手縮回，食指已經給夾得破了皮。同學笑說你不要縮，你愈縮牠愈咬；秘訣是立即將手握成拳頭。我雖然年紀小，卻還會得顧大體：心中恨不能將那活寶煮成肉湯，表面上卻笑嘻嘻地受教，連聲說沒事不打緊。

《賊博士》（*The Ladykillers*, 1955）這部雋永的英國電影裏面的彼德·斯拉是個倒霉劫賊，皆因他遇上了哥頓將軍。他們一黨五人假裝音樂家，租借天真老太太傾斜之家的一間梗房做大本營。一天老太太請彼德·斯拉下樓：「麻煩你替我把哥頓將軍按住，我要餵牠吃藥。」結果彼德·斯拉（他那時胖胖的還很年輕）被咬得呱呱大叫，還要好言安慰向他連聲道歉的老太太。老太太還在自言自語：「這是從來沒有試過的事。」《霍亂時期的愛情》（*Love in the Time of Cholera*, 1985）裏面那隻掉進了木薯香蕉肉菜鍋裏給燙得光禿禿的鸚鵡居然依舊活命，可見是隻殺氣沖天的能言鳥；果然老醫生因為企圖把牠從芒果樹上拿下之際失足喪命。記得我念香港大學的時候，綵排 *The Visit*，有人帶着個四五歲的男童來探班。我並沒有招惹他，不知怎的他便上來對我拳腳交加，繼而扯我的頭髮。那個大人只裝沒有看見。我的結論如下：鸚鵡和男童都是不可理喻的生物；唯一對付的方法是：避之則吉。

但是有時候會找上門可又怎樣處之？果然門聲叮咚，下樓只見門外的西班牙中年漢子說清潔鳥籠之際鸚鵡飛走到我的後院裏面，可否通融入屋進院取鳥。我又沒有喝了獅子奶，黑夜裏放個陌生人登堂入室？善心人士被借故入屋的騙徒殺害的故事聽得太多了。後來他到底出示了有住址的駕駛執照，我這才冒險做一次好人，（不冒險做得了好人嗎？）讓他也碰碰運氣。值得慶幸的是我和他都沒有遭到意外。他安全地獲得白鳥而返，保存性命；我則繼續把《古屋怪人》看到大結局為止。

二〇一八年

皇帝企鵝啟示錄

：：：：：：：

看皇帝企鵝紀錄片得到的印象是：大自然的生態現象並非就是物競天擇，適者生存那樣純出於本能的無意識活動；其間還牽涉到每一個生物本身的獨特性格，和各自作出的有意識的選擇。這樣一來，動物和人類之間的界限就不那麼分明了。在我們的眼中，數千隻皇帝企鵝隻隻都一樣，但是覓食歸來的企鵝媽媽能夠憑叫聲在眾多的企鵝之中認出她唯一的伴侶。

小企鵝孵出了之後，仍舊依附着爸爸，藏在翹起的腳掌和下垂的育兒袋之間，命懸一線。只要企鵝爸爸在走動之際偶一不慎，小企鵝便會從爸爸的腳掌滑落至冰冷的雪地上，一命嗚呼。在漫長的暴風雪黑夜裏，企鵝爸爸在寒冷和飢餓之中耐心等候覓食而歸的企鵝媽媽；但有時被迫要走向更安全的地方，以保性命。此其時也，企鵝爸爸有三個選擇：他可以決定不走，情願和依附在他身上的小寶寶共存亡，偉大犧牲，一同冷死；他可以把小寶寶丟棄在雪地上不顧而去，斷絕父子親情，大步踏前，自尋生路；他也可以嘗試帶着腳掌上的小寶寶，艱辛緩慢地一步步走向安全地帶，但是不一定就會成功。

從這一點看來，動物沒有語言所以就沒有思想這個理論似乎不能成立。企鵝爸爸面對選擇，要作出決定，這就牽涉到遲疑，比較，衡量，也就是說，有了思想活動。他可以決定自私或者不自私，而在他作出不自私的決定的那一刻，可真是頂天立地的神妙時刻。高等動物有思想該成定論，有猴子因為活得不快樂而作出決定去自殺。

看皇帝企鵝紀錄片的另一印象是：大自然漏洞百出，天地麻木不仁。在這麼殘酷的寒冷之中衍生出皇帝企鵝這樣美麗的生物根本就不可理喻。皇帝企鵝的一雙腳既要走路，又要裝載企鵝寶寶，那就自相矛盾得可以。要寶寶安全，雙腳要盡量保持靜止合併，但是要走路，就會影響到小寶寶的安全。看到企鵝爸爸如何矛盾統一，用裝載着寶寶的雙腳緩慢地走動，只有感嘆求生和繁殖本能的奇妙和偉大，而且到底是艱苦的。覓食的媽媽可能一去不回遭到厄運；無情的風雪，或媽媽的遲到，皆可導致小寶寶死亡。走動偶一不慎，企鵝蛋滑跌在雪地上，雙親眼睜睜看着那隻蛋因寒冷而破裂，就此告終。大約有三份之二的企鵝寶寶能夠逃過種種危機厄運，終於成長，生存，交配，繼承繁殖的任務。但是那三份之一的犧牲是為了什麼？與基督共釘十字架的兩個賊，有一個得救。十個秉燭而待的童貞女，有五個被棄門外，不得飲宴。多多創造，就是為了補償大自然的千瘡百孔、各種漏洞？生死存亡，上天堂下地獄，歸根究底是誰的決定和責任？大自然的浪費真是驚人：二三億的精蟲之中，只有一條能夠逃出生天，和日月星辰打個照面；至於那餘下的，意義何在？

二〇一九年

談貓

一壺清茶。三四個朋友。

最初只是因為案頭上的一隻泥貓。還是我九年前在廣州買回來的，缺了一隻綠眼，卻還有神，轉過頭來舔自己的背。朋友一手托起了這隻貓，回想道：「那時候我在維也納，舅父開了家飯店。天黑收工，門方關上，便能聽見裏面叮叮咚咚地響起來，老鼠們都急不及待地出動覓食。我見鼠輩實在猖獗，便建議舅父買一隻貓回來。果然好多了。在維也納的日子是寂寞的，很快便和貓成為好朋友。」

「貓的動態最為可愛。我常坐着，用手帕或皮球去逗引牠。我最喜歡看牠意欲撲出之前的那一下蓄勢，身子往後一退，爪子往裏一縮。那是極為輕靈美妙的姿態。然後，還沒有來得及看清，手中的皮球已遭奪走。」

「貓頑皮。捉到了老鼠先作弄一番。雙爪將那縮作一團的可憐蟲按住，再故意一鬆，讓牠跑兩步，再用雙爪把牠兜住。如是者七擒七縱，神態自若，直把那老鼠捉弄得魂飛魄散為止。」

有人說：「這老鼠也太倒楣了。左右一死，卻先得受一番活罪。」

朋友回道：「不必站在老鼠的立場說話。牠們也夠討厭的，而且骯髒。貓倒是十分清潔，便溺的習慣非常良好。只消教牠一次，便以後都記得在同一地方進行。絕對不會亂來。」

另外一位朋友說：「也有劣貓的：尖頭細尾，毛色曖昧，遠看活脫就是一隻大老鼠。我曾經見過這樣的一隻貓，和一隻老鼠同時各據一隻碟子的兩邊，齊齊偷吃。」

朋友說：「是呀，並不是每一隻貓都會捉老鼠的，但是最好的貓，甚至不需親自出馬，只要牠在場，老鼠都會聞風走避。這種貓有油爪。牠在屋內走一遭，爪上的油便都印在地上，發出一股氣味，讓一眾老鼠聞到了，盡皆驚惶遁逃。」

有人說：「這倒叫我想起了有些偷渡難民，隨身攜帶一些老虎的糞便，因為那氣味能嚇跑其他動物，以保自己安全。」

另外一位朋友說：「是嗎？有些老闆不能天天親自看管伙記，大可以將自己的已出之物曬乾裝妥，交給得力助手，或許能夠發揮相同作用。」

一九八〇年

韓國女子

⋯⋯⋯⋯

一月十日早上拿兩件衣服去附近韓國女子開的洗衣店。剛推門進去便聽得她說：「沒有了。下星期三是最後一天了。」我不禁吃了一驚，因為太感意外。半年前還見她十分積極地營業，並將顧客的資料電腦化。我捨不得的主要因素是自私；以後衣服乾洗要走三倍的路，而且三十年來已經習慣了，偶然我的收據丟了她也有本事將衣服找出來。她只試過一次把我的一件紫色襯衫弄不見了，當然沒有要她賠。退休前不時拿衣服給她修改，甚至換拉鍊釘鈕扣，頗為欣賞她的針黹細緻，交貨準時。只見她長年累月一天十二小時守着店鋪，一星期工作六天，星期日上聖堂做禮拜。韓國人大多數是基督徒。店舖牆上掛了一幅基督牧羊圖，另外一幅幾名韓國女子的合照，穿着傳統韓服；她穿的是白棉紗，斜簽着身子坐在那裏。和眼前的她比較，彷彿完全是另外一個人，一下子不能十分確定哪一個才是她的本色真貌。

自從她的先生在十年前去世之後，陪伴她的就是一隻博美小犬，芳名Candy，很安靜地躺在玻璃櫃台上的一個榻榻米上面，還有小傘擋太陽，很嬌的樣子。今天天氣寒冷，倒穿上了粉藍絨線織成的背心，愈顯得毛色潔白尤勝雪花，像一隻小小的狐狸，濕答答的眼睛，安靜如舊。韓國女子說這是因為她很老了，已經十五歲，而且耳朵有點失聰。韓國女子還有個兒子，早已畢業就職，在曼赫頓政府部門工作，而且也已經成家立室，在新澤西自立門戶，逢周末來探望她。她獨居皇后區，樓下是店鋪，樓上是居所，日常生活一切問題自己解決；曾經試過在雨夜房子漏水，差不多想哭了，還是不願意打電話麻煩兒子。又有一次，家中的電視機出毛病，我剛好在，她請我上樓幫忙。那孤單無助的情況就叫人想起了 Blanche DuBois 的名言：Whoever you are, I have always depended on the kindness of strangers. 我還不算是個陌生人；雖然只是個顧客，大家有時會閒聊兩句。她曾託我替她在曼赫頓找幾塊石頭，要天然的。我總算替她買到了。她很高興。每次我推輪椅送老伴去洗頭或者修甲，路經韓國女子，總會探首和她打個招呼，她也向老伴問好：「你的臉色不錯，他倒是瘦了下來。」

她說退休之後會搬到新澤西，但是選擇獨居，不會和兒子媳婦同住，「要保持朋友一般的關係。」我問這店鋪會不會繼續做洗衣店，她說開洗衣店簡直沒有飯吃，有些顧客當洗衣店是私人衣櫃，要穿的時候才來拿衣服。我把衣服送去更遠的洗衣店，順道去一家家庭式餅店買了一磅風味不錯的夾心曲奇送給她。我忽然想起來問：「你的國語講得不錯，是怎樣學會的？」她說那是因為遠在一九四八年她開始在台灣的韓國領事館工作了一段日子。臨別前她笑着添上一句：「替我問候你太太；她曾經送給我一枝珍珠髮簪。」

二〇一九年

舊同學……

在中環的地鐵站人群當中一眼便認出了曾，許是他走路的姿態總有一種奇異的急速，容易辨認。我一大步走上前拍他的肩膀，問他說如果不忙，就找個地方坐下來談天吧。曾是我的中學同學，奇怪的是在校時並不特別要好，後來他前往英國留學，更加淡忘了。十年前我們偶然在街上遇見，竟然談得十分投契。更可異者，我們從來不特意約會相見，即使我們看電影的品味如此相似，也不曾同往看過一場電影。然而每隔兩年，總會在街上碰頭，總有時間找個地方坐下來平靜而又隨意地閒談半天，分手時也不相約什麼時候再見，彷彿隱隱地知道，兩年後總會在什麼地方再遇。

曾和我同年，所不同的是他依然獨身。他四周有熱心的親戚朋友，可是他說：「我總不成徇眾要求而成家立室的呀。」他說他已經不再觀望鏡中的自己了，但是我看他依舊有年輕人的體形，或許這是因為他一直在依照自己的意願去生活，做他自己喜歡做的事，例如說，看市川崑重拍的《緬甸豎琴》。（我甚至不知道有這樣的一部電影。我想我的日子是繁重的。棄我去者，昨日之日不可留。我曾經也有過一段寫意的做夢日子。）又例如獨自背着一部二手攝影機前往香港島拍古舊聖堂的柱子，又例如在周末去沙頭角看郊野的景色。

我想他的生活是樸素的。他告訴我五塊錢的牛肉用來下麵吃，足足吃了一個星期。他說他以素食為主。自從他那喜歡吃鹹魚的哥哥鼻咽癌去世之後，他更為留意自己的健康了。他說自己的身體很好。他養有一隻狗，我雖然從來沒有見過，卻聽他提過。所以這次見面也就問問牠的近況。他說這隻狗的記憶力一流。有位不常到他家去的朋友和這隻狗玩得來，後來這位朋友長遠不出現了，但是每次曾偶然提起這朋友的名字，這隻狗便會觸電似的突然一呆。曾說狗絕對明白人類說的一些簡單語言。這隻狗的靈性叫我大感興趣。曾從來不帶這隻狗出外散步，牠悶起來也會人似地發出嗚咽哀鳴，我於是勸曾帶牠出去疏散疏散，但是曾說牠如今已經不再想出外走動的事了，而且，「為什麼牠要出外快樂呢，當牠的主人自己也並不那麼開心？」

我站在檻外看他，明白獨身也有獨身的泥沼，但是我想他亦有他的逍遙。他提起了在第一映室看的 *A Room with a View*：「彷彿沒有什麼主題似的，但英國人真是一派悠閒，連拍一隻杯子都那麼講究。」他始終很喜歡英國，我笑說什麼時候和他一同前往一遊，逛逛那裏的舊書店，順便買一兩本初版的蘭姆散文集或什麼的，雖然心中明白那也只是個想頭而已。

曾嘆說很多從前喜歡哲學文學的朋友現正變得十分關心在哪裏可以吃到好的海鮮和晚餐，我這才驚覺自己比曾要胖得多了。曾一路和我談話，甚至伴我乘渡海小輪。然而當我請他到我家裏略坐，他卻說再見了。或許我們會再見的。

一九八六年

回想魏神父
……

愛爾蘭的耶穌會魏神父於十月四日在香港去世；消息由一位和他毫不相干的在德國的學生電郵告訴人在紐約的我。魏神父這樣曲折離奇的借電子天使傳訊，分明又是他臨別秋波的一個玩笑；我感覺到他正在雲端向我眨眼睛呢。收到消息，既不震驚也無哀傷：人終歸要走的，自己何嘗不在排隊。魏神父的遺願是將身軀交給港大醫學院作大體老師，可見早已想通了。看報紙才知道他原來是環保中堅份子，只是中文報紙把他的名字寫作「魏志立」，我記得的是魏以立，起碼當年如此。神父們到港，先學粵語，再改個中文名字，如白禮逮、鮑善能、連民安。都頗為像樣，就是不脫八股。我一次如實告訴魏神父，他反問我有什麼好建議。我想了一想，用鉛筆寫在紙片上，並解釋其中含意。魏神父呵呵笑了。

我從書架上找出了魏神父送給我的《聖奧古斯丁懺悔錄》，扉頁上的藍墨水題字依然分明，帶有兩分幽默和嘲諷：To Thomas the Philosopher: With every hope that your literary tastes and artistic talents will lead you the same way as Augustine of Hippo/ Harold Naylor SJ/ Wah Yan Kowloon/ 19th July 1965。我和他在一起從來不談宗教和學業，只說文學和電影，可以從 C. S. Lewis 扯到 Baudelaire。他不喜歡《麥田捕手》，少年的我簡直聽不進去，然而他有他的理直氣壯，那時候他也年輕。他也不喜歡大受天主教會讚揚的電影《日月精忠》：「對白寫得太乖巧了。」他喜歡《馴悍記》：「兩人不斷地撕打吵鬧，其實深深地相愛着，卻又絕不承認。」他還喜歡羅蘭士．奧利花的《奧賽羅》，輕輕搖頭嘆道：「真是傑作。」我請他前往大會堂看法國長片《天堂的小孩》，他事後堅持要把票價還我：「這樣不好。太貴了。我可得拯救自己的靈魂。」有一次他忽然問我：「Are you lovable?」我先是一怔，然後回答：「我可從來沒有想過這個問題，但是我希望如此。」又一次他說出了頗為先進的見解。我說：「可是《利未記》裏面的說法和你的並不一致。」這次輪到他怔住了，佯裝生氣道：「You leave the Bible alone.」

一九八八年移民之前找他，他依舊下樓相迎，在長廊的右邊向我笑着走來。我遙遙地向他合十鞠躬，他在那邊亦以誇張的姿態還禮不迭。我問他可還記得我，他說：「我從來沒有碰到一個像你那樣談論電影和文學的學生。」那時他尚在盛年，精神飽滿，逸興遄飛地和我談了一個下午。我們談到愛的施與受，他又別創一格道：「受其實也不容易；那樣將自己整個地攤開在桌子上，需要莫大的勇氣。」我說日子是寂寞的，因為談話的對手難得。他忽然面容轉為愁苦：「我早已不作此想了。」臨別贈言是：「中國人和猶太人頗有相似之處：肯進取敢冒險，流浪世界。就是不知道你們會不會遭到猶太人同樣的命運。」一九七年回港再找他，高興還是很高興，但是這一次他談到的全是內地的開放和建設，還有香港的教育和社會問題，這些我全不感興趣。幸好他的興致還是很高，不過偶然流露的倦意卻叫我爽然若失。我努力地在聽他說話，適量地發言表示投入。他說到高興之處自己先格格格笑起來。窗外的草地一片蒼綠，我漸漸有點懷疑魏神父並不很清楚記得我到底是誰。

二〇一八年

巴士舊話

⋯⋯

椒紅的巴士在兵房附近翠綠的草地前面緩緩駛過，悄無聲息。巴士的上層有圓臉的男孩憑窗外望：玄青尖頂的聖堂，蔭涼的梧桐樹，樹下有穿明黃裙子的女孩在靜候什麼。這是我回憶中的童年巴士，顏色亮麗，歲月安穩。回憶是最優異的沙漏，過濾了一切不愉快的雜質，呈現了一片透明的水彩。

叮！守閘員拉一下鐘，車停了下來。叮叮！車又再次開動了。那時候的巴士有人的氣息，不像現在的巴士只有一位司機，而即使他也只是個不說話沒臉孔的存在，你只能在將車費放入箱子之際感覺到那監察的眼光。可是在從前，巴士除了守閘員之外，還有售票員。只見他斜斜地背着個藍布袋，一手握着個打孔機，啲啲而來。小學生用的是月票，月票的透明膠套內流行夾上一張荷里活明星甫士咭，說不定就是杜・唐納許，又或者是仙杜拉・蒂；老師知道了要沒收的：「為什麼不放偉人或親人的照片？」月票上每天配給一排四個圓圈，表示可以乘搭巴士四次。每一次售票員都會在那小圓圈上面打個小孔作記號；那些小孔的形狀各異：三角、圓圈、鎖匙，或者是一個心。如果小孔沒有打得穿掉，可以將打孔痕跡壓平，多用一次。友善的售票員甚至會和你交談兩句。那時我讀初中一年級，我記得一次有位售票員對我說：「哈，我看你生得一貌唐滌生。」

那時候還有查票員，夏天穿白色制服，冬天黑色。他們的工作是查看有沒有人坐霸王車。那時候有不成文規定：巴士公司職員的家屬可乘免費巴士，只要說一聲「家屬」便可。我也見過濫用家屬的小朋友，替他的同學搭單，遭售票員一頓教訓。

那時候的巴士還有分段，四站為一分段。分段的巴士站在紅色的圓牌上面另加「分段」字樣。一個分段車費一角。有時候為了省錢，情願提早一個站下車自己走路，算是有益心身的運動。每張車票有四個阿拉伯數目字。如果四個數目字相同，會放在集郵部珍藏。我至今保存了三張數目字對稱的巴士車票，兩張三角，一張四角，是比較晚一點的車票了。票上的左側右側印有中英對照的「入」和「出」，以前根本不會細究，如今卻不知道用意何在。

一九八一年

聖誕憶舊

：：：：

我的聖誕節靜態如同案頭的小小一盆仙人掌，乍看只是一團蒼綠，然而其間自有無限的意趣和回憶。

舊同事珍妮花最能捕捉聖誕節的獨特氣氛和魅力：「很喜歡聖誕節帶來的歡樂，同時也害怕那感覺。」即使在香港，尖東和永安廣場燈飾晶瑩剔透，半島和麗晶火樹銀花，於是大家都失魂落魄似的尋歡作樂去了。一眾教友則報佳音的報佳音，望子夜彌撒的望子夜彌撒；很奇怪地，愈是處於這樣良辰吉日的氛圍之中，愈是能夠分明意識到自己的存在。和無邊黑暗的寒夜相比，這一點繁華熱鬧實在微不足道，而且在人群中我們原來又是如許的孤獨，只覺得人生在世，天地悠悠。

開心倒也還是開心的。什麼地方都不消去，我自慘淡經營我的聖誕；且將José Carreras的黑膠老唱片找出來，靜聽一曲《聖母頌》或《平安夜》。唱針沙沙，轉盤迴旋；當年的荷西是多麼的年輕，他的音質又是多麼的透明。四十年前，我常在中環的商場搜尋他的歌集；聽到了他的*Mille Cherubini In Coro*，登時九天之雲下垂，四海之水皆立。這實在叫人驚訝：不過是溫柔的搖籃曲罷了。又或者是重溫狄更斯的《聖誕頌歌》，最好是Arthur Rackham配圖的版本。說的是守財奴遇鬼之後受到教訓，預先看到自己身後蕭條，無人哀悼，於是痛改前非，廣施金錢，給窮親戚和下屬帶來歡樂。評論家也有詬病狄更斯的幼稚膚淺，一個人哪有一下子就能夠改掉本性。但是狄更斯的文字風格陽剛壯麗，句子結構肌理綿密，可以再三咀嚼。他對人性採取了比較樂觀的態度。我們要把《聖誕頌歌》當作童話故事來看。（其實即使是他的《荒涼山莊》和《艱難時世》，基本上仍然是童話格調。）遇到了聖誕或新年，總得放下處處提防的計算，重拾童心，客串地天真一下，樂觀世界，未嘗不是健康有益的精神調劑。正如《聖誕頌歌》裏頭的小添美所言：「上帝祝福我們每一個人！」

還有不能不一提聖誕卡。這秀才人情紙半張的調調兒我是不彈久矣。童年時代，同學們總會趁這機會前往街坊文具店花一兩毛錢買張馬槽或雪景的彩卡，名正言順地向心儀的小友傳情達意。卡上面往往有閃爍的金粉銀粉。如今好像看不見了。三十年前剛剛移民，也曾努力地在聖誕藉着這西洋彩箋魚往雁返一番，倒也把收到的回卡貼滿了睡房的白門。有一年我興致勃勃地寄出了一百張，竟然石沉大海。我百思不得其解，成為我生命中的一大疑案。如今想要應節，電郵即可，不花分文，但總會覺得缺少了一份誠意，飄渺如同影子，滑鼠一按便消失無踪。旁的不論，我至今存有一盒朋友寄來的聖誕卡。雖然早已事過情遷，卡上的墨跡和關懷卻仍然歷歷在目。那是可以觸摸的回憶。

二〇一七年

我的電器常識
::::::

那是很多年以前的事了。江之鈞老師教我們莎劇《李爾王》，這天帶來一套此劇的黑膠唱片，預備播放給大家聽，但是那唱盤拒絕轉動，弄了半天，不得要領。我離開座位走去一看，剛好發現原來有電線在後面把唱盤卡住了，於是順手把線拉開，但見那滑稽的唱盤便團團地轉他一個不亦樂乎，開始把琅琅的台詞來輸送：「I thought the king had more affected the Duke of Albany than Cornwall……」江老師輕輕地用廣東話贈了我一句：「你好少會咁叻既嚉。」

的確如此。笨人也有靈光一閃的時刻。但凡遇到了水電難題，我便束手無策，任由上門的師傅開價。我的電器常識，還是停留在丁丁漫畫裏面的哈達船長的程度。哈達船長告誡管家曰：「翻風落雨嗰陣，千祈唔好打電話，因為極度危險。」我那一點不足道的電器常識和心得，還是願意在此和大家分享，並非不知道 a little knowledge is a dangerous thing，而是希望這小小的知識還有一點參考的價值。我從前也用兩個聽來的實例告誡自己的學生：「水最容易傳電，千萬留心。有人冒着大雨回到家裏之後，身上還穿着水淋淋的雨衣，便急不及待地去開座地風扇，結果觸電。還有大意的媽媽將小孩放在浴缸，自己用風筒吹頭髮，風筒跌落浴缸，後果當然不堪設想。」總而言之，對電器的處理，小心為妙。那多頭插座也不是萬能的，負荷過重會失火。重量級的電器如空調、氣壓鍋等，不可和其他電器共用多頭電插座。愈是容易忽略的事愈是要留意，而最容易忽略的事正是最明顯的事：「唉呀，早已知道了，還要你來囉嗦？」自大自信引致忽略。有位朋友一家出門旅行，家中魚缸的發熱器失靈肇禍，把整座房子都燒掉了。如要離家一段時間，要把家中差不多的電器用品的電源拔掉。

如今每個人的家裏都有多部手機和 iPad，需要用多頭插座不時充電。多條電線插在那裏不用，害怕流失電能，將電線反覆地拔去再插上又嫌費事。其實可以在不用的時候將多頭插座的開關關掉便可以了。說到省電，有一種論調是將電燈在短時間內反覆開關很扯電，不如由得它開着。因此有人真的讓洗手間及廚房的燈長明不熄。但我的看法很簡單：電燈不用就熄掉。因為在短時間反覆開關的機會甚少。也不要為了省電弄得神憎鬼厭，家嘈屋閉，得不償失。省錢其次，一家人的生活質素為主。

有件怪事：每次熄電視機，過一陣又會自己開着了，原來是那藍光機先自己開了，然後又把電視帶動開了。我曾作多方面嘗試也解決不了問題，其間的錯綜複雜電器原因我也弄不懂。結果自己想到了一個蠢辦法：乾脆將藍光機的電源拔掉，只待我要看藍光碟才把電源接上，不用的時候又再拔掉。我看你還有什麼本事作怪？

二〇一九年

裝修記趣

⋯⋯

三年前家裏裝修，倒也發生了好些有趣的事情，不妨在這裏和讀者分享一二。

老父教落：害人之心不可有，防人之心不可無。於是乎趁裝修師傅未來到之前，將比較值錢或者有紀念價值的東西收好，並且自我解嘲曰：並非小器多疑，乃係避免引人犯罪。饒是如此，仍然百密一疏，事後才發現不見了一套黑色原子筆墨水筆，差不多是五十年前的東西，那種款式如今想要補購亦難。這些鋼筆鉛筆書寫工具，早已習以為常，也不理身價貴賤，全部插在筆筒放在案頭，密密麻麻如同森林一般，根本沒有想起要額外處理。反正那人眼利識貨，執寶而歸。而且這種事情很難開口，且莫說事後發現，無證無據，即使即日發現，但是沒有目擊，也難說，說出來徒然弄僵局面。發生了只有啞忍，難道還要敲鑼打鼓報警，弄得不成個體統乎？告訴家裏人也是討罵。願意在此告訴大家，是要強調一點：愈不在意的事愈要留意。總而言之，萬事小心，防範未然。

訂做一套仿木的白色百葉窗簾；來安裝的小弟不小心弄斷了其中的一葉。事情本來很簡單，把那斷了的一葉補做，換上去不就成了？但是窗簾公司說沒有單做一葉這回事，要換就整個窗簾換掉。雖然不用我額外付錢，也覺得這樣做又蠢笨又浪費。好了新的窗簾寄來了，尺碼不對，又再做一次。另一小弟來到，左右端詳，抓抓頭皮，說：「不必費事了。這樣好不好：把原來窗簾最底下貼着平放的一葉抽出來，替換那斷了的，再也看不出來。」我一想有理，當下同意。但見小弟三兩下手勢攪定。那套新窗簾至今沒有拆封，放在車房一角。其實有一種手推風琴式白色麻質窗簾，不惹塵，易操作。以後可以考慮。

換了隔熱保暖的窗戶，說是可以節省能源，而且永久保用，窗框和開關機括全保。安裝之後也出現過一些小問題，一個電話打去，當事人倒也處理得勤快妥當。只是一樣，合約上說明，這個永久保用，千包萬包，玻璃不包。之不過其實壞了窗框或者開關，還是要整個窗戶連玻璃給你換掉。不然的話只有更費事。好了問題來了，萬一窗框和玻璃同時壞了，這個合約官司怎麼打？這叫我想起小學時候，曾聽過老師說故事：「四個共住一處的好朋友為了治鼠，合資買了一隻名種好貓回來。為了公道，每人認可擁有一隻貓腳，並且為這貓腳負全責。後來貓的左前腳受傷，用火酒消毒紗布包紮好，貓仍舊能四處走動。時值嚴冬，這小凍貓子便鑽向壁爐取暖。那遊走的火星跌落在火酒紗布上，一發不可收拾，把貓活活燒成了焦炭。三個朋友聯名告左前腳的擁有人，要求賠償，說貓之所以被燒死，是因為左前腳的火酒紗布所引致。誰想被告辯稱：『這話不對。追源究始，導致貓兒死亡的是其他的三隻腳，因為貓的左前腳失去行動能力，只有其他的三隻腳才會把牠帶往壁爐。』」

二〇一九年

閒談洗手間……

洗手間的首要條件是清潔，這當然也是一種吊詭。電影《妙女郎》裏面有這樣的警句：「聖堂殘舊一點無所謂，賭場一定要光鮮體面。」因為這樣賭客才能安心輸錢。是的洗手間清潔便可，香水鮮花之類一概不用，自己家裏又不是酒店。有些設備還是需要的，像夜明燈，省得半夜方便要扶牆摸壁，尤其能減少老人家發生意外。小兒替我們安裝了一副智能座廁板，倒很實用。有人喜歡用全自動的座廁，潔白如蓮，悄然無聲，倒也真的能將出恭入敬提升至更為高雅的層次，唯一的缺點是：但凡是電器，遲早會出毛病。像我自己，退休之後留在家裏的時間激增，也就注意力轉移，多多添置居家用品。有一陣子什麼都買電動的，包括垃圾桶和皂液器。皂液器有人客到訪，用起來比較衛生，電子感應能免去手部接觸。電子感應垃圾桶也是同樣道理，不過自己家中的垃圾桶髒不到哪裏去，還是腳踏開蓋實用，同樣不必接觸桶蓋。

有一種座廁夜明燈，直接裝在座廁邊上，有人走近自動開着，有十六種不同的螢光任君選擇，那半夜如廁可真是比開派對還要開心熱鬧。這種裝置主要的對象是男士和小孩。有幻彩燈光照亮，小孩覺得有趣，而男士們也不再有藉口，因為目標分明看得清，賢妻指責也就更為理直氣壯。患有嚴重潔癖的女士能把伴侶迫得走投無路，稍有差池便暴跳如雷，電話追蹤，伴侶最後嘆道：「待我在後院掘個洞自我方便，也就罷了。」更聽到過妻子硬要丈夫坐着方便，不論大小。那丈夫竟無異議。這根本就是兩性之間的權力鬥爭。其實何必要這樣。丈夫在事後自己動手稍為善後，事情就完了。要他坐着，那就是要挫他的氣概。記不清在哪部小說中看到的情節，兩夫妻為了座廁板而拼個你死我活。妻子認為座廁板不用之時應該放下來，丈夫不認同。從前工作的地方，三樓只有一個洗手間，男女通用。女同事貼上了怒氣沖天的警告字條：「事後定要將座廁板揭上去，否則招禍無窮。」但凡牽涉到這樣貼身的事情上頭，便真的是水火不容，各不相讓。相處易，同住難；廁所往往就是導火線。再要好的親戚朋友，邀請短住是十分冒險的事，被邀請的一方也要謹慎考慮。

至於公廁，可免則免。三四十年前在香港，周末逛書店，會用尖沙嘴或中環那些大酒店的廁所，光潔明麗，不過有阿伯坐鎮，事後便遞上毛巾梳子，不用也得放下小費，但總算物有所值，和街外的公廁大不相同。一九六七年在香港的樂宮戲院看過一部英國片《新婚趣史》（*The Family Way*），裏面的母親憶述自己一次在雨天誤闖男士公廁，但見一排穿着雨衣的背影默默地向着她，低頭專注，彷彿靜候槍斃。

二〇一九年

潔癖
：：

我終於明白妹妹赤足入廚房的因由：那是為了避免踏髒了磁磚地面。替廚房鋪上光潔的透明水綠細磁磚的確能夠使人在炎夏煮飯做菜之際精神為之一振，但無奈要賠上大量的精力時間去保持那一清如洗的境界。鞋底能踏髒磁磚，磁磚髒了又能污染了鞋底。這互為因果的惡性循環如何打破？我於是坐下來用濕紙巾把鞋底抹乾淨。只是這樣一來又製造了更多的垃圾，廢紙一堆自然歸納垃圾桶，不過不要忘記這只是垃圾旅程的第一站。一雙髒手又得去洗。手洗乾淨的代價是把瓷盆弄髒，於是又得擦瓷盆。混合了去污粉的髒水順着去水管流掉了，彷佛是問題的終結，其實卻只是問題的開始。這許多的污水百川匯海，傷害了無數深艷神奇的生物；至於最切身而又容易明白的害處是：我們如今簡直沒有什麼魚可以吃了。

美國影星 Armie Hammer 說過的這話叫我覺得此子思路清晰：「想起來真是神經病，清潔了這個，又弄髒了那個。污穢並沒有消失，只是轉移到另外一處。」所謂另外一處，通常也就是不屬於自己地頭的所在，真正是眼不見為乾淨，卻原來這正是自私心態的具體表現，而自私歸根究底仍舊是愚蠢，因為鴕鳥政策改變不了這事實：大家左右還是共處在同一個星球上面。有潔癖的人士恐怕大多數都患有獨善其身的痴心妄想症，末了還是逃不了要面對醜惡的真相；有空不妨試試去看看香港和紐約的垃圾填埋場，那是地獄門的最佳寫照。天主教教義從來也沒有明言地獄就在地球中心的火焰溶岩，不過在《年輕藝術家的一幅肖像》（*A Portrait of the Artist as a Young Man*, 1916）這本自傳體小說裏面，那愛爾蘭傳教士形容地獄的種種苦刑還真能把一眾青嫩的信徒嚇得臉無人色，屁滾尿流。卻說在世界末日大火蕩滌地球之後，塵世所有的污穢垃圾和渣滓就像衝向廣闊腐臭的下水道一般麇集在地獄裏面。原來一切的污穢垃圾從來也沒有消失，卻在那裏找到了最後歸宿，讓不得超生的惡靈消受，直到永遠。

因此總是在無奈之中努力去減輕自己的罪孽。濕掉的紙巾晾乾了再用，替老伴做咖啡情願多花點時間而不用 K-Cups，連最細小的玻璃瓶也耐心冲洗乾淨循環再生。請勿譏笑此等小善微不足道，發揮不了作用；應該謹記壓斷駱駝背的是最後的那一條乾草。還有就是切勿好潔成癖，弄得神憎鬼厭。凡事到了非做不可的地步就成了病態。在清潔這件事上頭，放過別人也就是超脫自己。法國小說《鄉村神父日記》(*Journal D'un Curé de Campagne*, 1937）裏面有個還俗的修女做了聖堂清潔工人，弱質纖纖，不分晝夜地跪在地上洗擦，和撣了復來的蛛網灰塵搏鬥，並且定要老神父也換上拖鞋方可踏地，結果弄得積勞成疾，一命嗚呼。老神父嘆道：「她無疑是一個殉道者。對抗污穢無罪，她的錯誤是要把污穢徹底清除。這是沒有可能的事。」世界哪裏有得乾淨。盡力而為固然精神可嘉，但最好打定輸數。

二〇一八年

曼陀羅

⋮

年三十那天，歷時三天的大掃除終於功德圓滿之後，繼續抖擻精神，和老伴出外修整手腳儀容，並且買了一些年貨；回家坐下來算一算支出，算來算去差了美金一元，半天才想起原來那一元其實給了在路邊坐着的一名老婦人，只見她滿懷心事，神情落寞，塵世的一切浮華與繁華皆沾不到她的身上。我有點高興知道自己行了小善而沒有在意。當時雙手捧着紅花綠葉和糖果，要把褲袋裏的錢包淘出來還真的頗費周章，因此略為遲疑，隨後卻暗自思量：上天既然賜了我這個念頭，就應該順應行事；我也只不過是祂手中的工具而已。而且心中忽然一動，想到了一個不在身邊的人，最近好像出了問題；我幫助眼前這老婦人，也就是幫助了他。年初一他出乎意料地給我電話。說是巧合也可以：巧即是妙；妙就是神。

年初二早上在家做的一隻菜需要鵪鶉蛋。一盒十八隻蛋煮熟了竟然一隻也沒有破，於是躊躇滿志地坐下來開始剝蛋殼。面前一共是四隻碗：一隻盛尚未剝殼的鵪鶉蛋，一隻盛剝下來的殼，一隻盛剝了殼的鵪鶉蛋，還有一隻盛了清水的碗，用來洗黏在手上和蛋上的碎殼片。但見我不慌不忙，一隻一隻地剝將起來，彷彿有的是天長地久，人世悠悠。有一種方法是把所有煮熟了的鵪鶉蛋放在一個盒子裏使勁地搖晃，搖得蛋殼都裂開了，剝起來便快捷得多云云。這樣的態度取巧有餘，誠意不足。那倒楣的蛋經過這麼一搖撞，早就給折騰得魂魄零落，味道迷失。大量生產從來做不出好東西。近年來流行過年過節將一張賀卡用電郵同時寄發給數十個友人，寄的那位慳水慳力，收的那人卻不是滋味；試想想又有誰願意去做一個湊數的朋友呢？碗中的蛋有斑駁的蛋殼，有的看上去像一隻大麥町狗，有的又像是一個骷髏頭。我專注地剝每一隻鵪鶉蛋，剝成的蛋光滑潔白，不知不覺間在碗中組織成一朵蓮花似的曼陀羅：萬象森列，融通內攝的禪圓，都在其中了。那麼漂亮的未成肉，本來也可以變成飛翔於天地之間的生命，如今卻安靜地躺在碗中，接受即將化為糞便的命運，正如那長久經營出來的曼陀羅，再美麗再纖巧完美，也免不了最終被一指畫破，又或者給輕風一吹，消散得不落痕跡。

《百年孤寂》裏面的奧雷良諾．布恩地亞上校在內戰之後，革命的理想全盤破滅，因此不問世事，只埋首做他的精巧小金魚，做好了之後將之融掉再做。

里修的聖德肋撒說：「我們不必都去幹異乎尋常的大事；我們卻要把尋常的事情做得異乎尋常地好。」

二〇一九年

櫻花茶小記

⋮⋮⋮⋮⋮

一向嫌這個牌子的法國茶巧立名目，果香與花香遠遠蓋過了茶的原味，但是看見這一次推出的是櫻花茶，又標榜限量發行，於是還是好奇心切，郵購了一罐試試。這都要怪市川崑的電影《細雪》開始的一小段給我留下了深刻印象：濛濛煙雨的遠景，但見雨後一片鬱鬱葱葱的樹木，然後接上一個近景，是兩株開了櫻花的橫椏，垂滴着水珠，愈發將那潔白的櫻花襯托得晶瑩剔透，如同一碰即碎的琉璃。銀幕上現出了「昭和十三年」的字樣。那正是第二次世界大戰的前夕，無論如何，單看櫻花的柔艷，完全收不到香港隨即要淪陷於日本軍國的消息。

櫻花茶寄來之後連忙打開一看，是類似龍井的綠茶，只覺得那股甜香太過外露，沒有回味的餘地；細看之下，茶葉中果然疏落地夾雜了細碎的粉紅色櫻花花瓣。我連將之冲泡成茶的意願也沒有，一方面卻抱着再接再厲的精神去繼續探究，終於找到了另一種就叫櫻花的茶，用的純粹是櫻花，用鹽漬成，壓得扁扁的包在玻璃紙袋裏面。我一看很煞風景，取出轉放肥圓的小玻璃瓶內。還是有點不稱意，因為依然是粉紅色的九重瓣，鹽漬之後散發輕淡的香味；我思索了好一陣子，終於決定那香味是松墨和話梅的混合，而且還帶有一點草腥，那肯定是因為萼片和花梗也連在一起鹽漬所引致。我想用白瓷杯子來泡比較悅目。網上的一般說明不能盡信：什麼先用開水把櫻花泡浸五分鐘，把鹽份去掉，然後再泡成茶。只恐怕這五分鐘把僅存的一點香氣也泡浸掉了。我只用冷開水把櫻花上的鹽洗一洗，然後放入小杯子來泡，看着那原本皺縮的花朵漸漸地再舒展開來，搬演一齣不成形的迷你還魂記。那姿態倒還不及張愛玲《怨女》中的白菊茶。銀娣把藥店小劉偷送給她的白菊拿來泡茶；雖然她不怎麼愛喝，還是每天泡着喝，「看着一朵朵小白花在水底胖起來，緩緩飛升到碗面。」那是愛情的輕盈和愉悅。

我只顧細細品嚐那茶，努力搜索味蕾上的感受，和我曾經閱讀過的櫻花茶的描繪一一印證。但是一切只是徒然。朋友說且別計較那個茶味，只當是一種儀式便好了。可不是，日本的茶道莊嚴肅穆，連一個小竹茶杓子如何安放在茶几上亦一絲不苟，司茶的女人臉上連笑意也沒有，叫旁觀者精神緊張。我想大不了喝一杯茶，還不如談笑用兵來得灑脫自在。即使是做彌撒的神父偶然也會說個笑話；上帝喜歡有幽默感的人：別把自己看得太認真了。當然我說的只屬外行話。對日本茶道有深刻體會的人相信會別有一番觀感。

有人說石榴的氣味能呼喚起整個拉丁美洲的記憶，路邊砵子裏的一梳青綠香蕉就是印度。那麼，這小白瓷中的櫻花，又代表了什麼？

二〇一八年

鬼故事⋯⋯

鬼，我們常常聽別人說見過，就是從來沒有親自遇上。那天在康樂村宿營，到了晚上，大家坐下來談話，天南地北，不知不覺地就扯到鬼的上頭去了。於是熄燈輪流講鬼古，各自在黑暗中努力經營毛骨悚然的興奮。

「我舅舅在內地當軍官，每天夜晚都要留在營內處理文件。這一晚，下屬放假離營，只有我舅舅一人在油燈下工作。突然間，那朵燈火得得得得抖動起來，隨即轉弱，暗了下去。過了一會便又回復正常。這就怪了，因為根本沒有風，更何況油燈有的是玻璃罩。我舅舅並不理會，繼續處理文件。燈火又得得得得顫動起來，又暗了下去。我舅舅這才覺得一陣寒冷，只是握着筆低着頭，偷偷地把眼睛抬起斜斜地向前望去，只見對面椅子上浮着一團昏黃的光，淡淡的，半透明的，是一個男人的輪廓，坐在那裏，一動也不動，但是感覺到那東西也正在向他凝視。我舅舅抬起頭想再看個真切，卻看不見了。我舅舅只得繼續工作，那燈火又抖動了。如是者一連三次，他不能不相信是真的了。長夜漫漫，我舅舅只覺得那東西愈來愈真實，而自己卻愈來愈飄渺虛浮。黎明時分有下屬回營，看到我舅舅嚇了一跳：『怎麼你臉色蒼白，汗流貼髮，整個人落了形？』翌日兵團離營，我舅舅押在後面。突然有什麼東西在他頭頂狠狠的敲了一記，他昏倒了跌在溝裏，醒來之後發現鼻樑骨折斷。直到現在，鼻子上留下了一個節。」

「我在越南渡假，在街上行走。街上坐着一個乞丐向我要錢。我俯首把硬幣丟給他，他抬頭向上望；兩人的眼神碰個正着。那是一個沒有鼻子的臉孔，當下把我嚇得魂飛魄散。事後弄明白是砲火之害，也就不怕了。但是當時那一下子，真的能把人嚇死。我要告訴大家的是，很多事情，我們起初不知道，又發生得太突然，害怕是正常的。但是害怕之後，便輕率地說是鬼，太不科學了。一切事情，去查明了因由之後，得到了真相，就不用再害怕了。」

「我取存疑論。我沒有親自見過，但是有那麼多人說見過，而他們又並非全部都是迷信或神經過敏，那鬼的存在，至少是可能的。如果把和鬼有關的種種資料收集並詳加研究之後，再下結論，也是科學。一口咬定說有或者沒有，都武斷了一些。」

我們開了燈，室內重見光明。外面是宇宙洪荒的黑暗和突然潺潺而來的雨聲。

一九七四年

靈異故事

……

靈異這回事，就像愛情，我們時常從別人口中聽到過，就是沒有親自遇上。即使是一旦親自遇上了，又會作何反應：震驚、狂喜，還是覺得不外如是？又或者事過情遷，在回想中疑疑惑惑：這件事可是真的，還是幻覺？有一種論調是：且別理會這些靈異事件是真是假，只要這樣的經驗能夠引致正面的效果，便算是真的。例如說，半輩子的賭徒或者酒鬼忽然因此而戒了惡習，又例如精神病患者因為這經驗而不藥而癒。但是我則認為有深究徹查的必要。辨真偽即是分善惡，以正視聽，免得導致價值的混淆。像天主教的聖母顯靈，就時有所聞，不勝枚舉。這些顯靈的訊息主要是叫世人悔改從善，以息天主的義怒，免招致世界大戰或其他災難。但是天主教會對這些顯靈都採取極為謹慎的態度，長年深入調查，然後作出結論。眾多聖母顯靈個案得天主教會認可的不出二十宗。

今天我無意去牽涉到宗教的爭議，倒想和讀者分享一下我親自聽到過的靈異故事。

從前父親店裏有名伙計，和我閒談之間述說了這樣的經歷：「那時候我才十八九歲。那是個陽光猛烈的下午。母親有病，我正橫過擠逼街市的馬路，前往藥房買中藥。因為懷着心事，沒有留神看紅綠燈，差點被一部計程車撞倒。說時遲，那時快，在那一剎那間我只感覺到背後有人把我向右側輕輕一托，就這樣免過了車禍。我還沒有來得及去想這到底是什麼一回事，便看見一個白色的影子在我面前飄然而過，一下子消失無踪。」我不禁追問那是個什麼樣的影子。他說：「好似個大姑娘咁嘅。」

莫非這是他的護守天使？那麼其他遭到車禍或意外的人又如何？難道他們就沒有護守天使麼？又難道這些護守天使去了搓麻將？又或者因為法力不足，無從施展？像紐約世貿中心姊妹樓炸毀傾倒，死亡人數幾達三千，但也有少數能夠死裏逃生，事後難免燒香還神，說是菩薩保佑。但是那些遇難者又該怎麼樣解釋？是什麼決定生死？只好籠統地歸納為宇宙間的一種玄妙數學。

這是四十年前的事了。小兒剛誕生，老伴在家中坐月，睡午覺。陽光靜靜地透過窗戶照射入室，老伴睡意迷濛之間看到去世的母親穿着她生前的家常衣服；背心上的鈕扣兩顆綠色，一顆卻是黑的。那是因為她工作忙碌，無暇翻尋，隨便補上了掉落的一顆。母親滿心歡喜地走了進來，先俯吻了初生的小兒，又親了一下老伴的額頭。也不久留，便輕步走了。

母親先吻孫子後吻媳婦是個很真實的細節，不像是主觀的幻覺。我願意相信這是真的。是母親回來藉以告訴我們：她很好。而我在日後思考靈魂與來生諸等情事，總會以此作為參考。

二〇一七年

拿破崙的座椅

：：：：：：

英國西薩塞克斯郡的善林屋莊（Goodwood House）裏有一張拿破崙用過的戰役座椅，扶手和椅背連成一片內彎的壁龕，四隻腳作虎爪狀，緊貼地面。這原來是屋莊主人的祖先當年隨威靈頓公爵打仗而帶回來的戰利品，如今人去椅空，卻依然隱隱地帶有一股殺氣，想像力豐富的說不定還能夠聽到當年戰場上千軍萬馬的奔馳吶喊。屋莊主人馬琪伯爵在接受媒體訪問時欣然表示，他常常坐在這張椅子上，並且藉此通靈一番云云。這其間流露出來的思想便相當含混不清。和哪一個通靈？拿破崙？論理，拿破崙是他祖先的敵人，應該敬而遠之才是。除非他破格敬佩拿破崙，希望能夠通過戰役座椅這媒介而從他的陰魂得到一些能量。

但是像他這樣的一代奸雄，能夠遞送的又是什麼能量？即使在今天，崇拜拿破崙的人多的是，但是俄國文豪托爾斯泰能夠洞穿浮面的強權和浮世的繁華，察覺到這一切的底下，只是一個自私自利的小人而已。在《戰爭與和平》裏面，托爾斯泰描述在戰場上的拿破崙，目擊死亡與痛苦，不禁心情沉重，並切身處地聯想到自己也有受苦和死亡的一天。在那一刻他既不想要征服莫斯科，也不要勝利和榮耀。他唯一想要的只是休息，寧靜與自由。那是書中拿破崙最有人性的一刻。很可惜這只是惡人的偶然靈光一閃。馬琪伯爵或許並不天真，只不過是藉此替椅子增值，自高身價。世人多迷信名氣和權貴；不論是甘乃迺的簽名或狄更斯的手稿，都會有專業人士大做文章，拿出來獻世拍賣，賺他一筆。

甘乃迺的簽名我沒有興趣，倒是狄更斯的手稿我不介意擁有一兩頁，說不定就是《雙城記》的第一章，因為實在喜歡他的文筆；打從十二歲看他至今，感覺親切而已，倒不是迷信什麼名人遺物的魔術性。更何況要深切了解一個作家，看他的作品就成了，書上面是否有他的親筆簽名根本無關重要。

在二〇一四年，拿破崙的出生地科西嘉島舉辦了一次拿破崙的歷史文物展覽，其中也有一張紅皮製造的戰役摺椅。現場有一名守衛員，很有可能患有拿破崙情意結，好奇心切，務必要一嚐庶臀坐御椅的滋味，乘人不覺，偷偷地把自己的屁股擱在那張摺椅上面，結果那飽經滄桑的紅皮不勝負荷，即時從當中裂開，讓那守衛員跌了個四腳朝天。在那一刻他應該頓悟，即使是名人偉人用過的東西，也並不具備什麼神力魔力。拿破崙自己倒是看得透徹：皇帝的寶座，也只不過是一件過度裝飾而又笨重的家具罷了。

二〇一九年

小人魚的眼淚 ……

講道理的文字能夠看得暢通無阻不一定就是好。過份行雲流水的道理往往變成水過鴨背，似乎是看明白了，但是完全沒有泛起思考的漣漪，也就不能引致行為的修正。但凡是好的事物不會教我們完全心安理得，而是叫我們稍微不安，像畢加索的 *Guernica*，或個山驢的翻眼鳥。如果周樹人真的是比周作人更為優勝，那或許是因為周作人的文風過於平和冲淡，如同雨天喝綠茶一般叫我們舒泰，而周樹人的峭拔辛辣，卻能夠刺激我們將思路另辟蹊徑，走出一片新天地。

福音裏面有好些情事初看似是無理。像基督在離開伯大尼城的途中感覺飢餓，看到路邊的無花果樹有葉無果，因為還不是無花果當造的季節，便施了詛咒，使到那棵無花果連根枯萎。這樣的故事看了叫人頭痛。《馬爾谷福音》不是明明說出當時並非無花果的季節嗎？基督這樣做不是豈有此理嗎？好的神學家不會企圖替基督打圓場。事情是這樣就是這樣。勇於面對才能領悟到更深層的真義。基督垂死之際，高呼：「我父我父，為何您捨棄了我？」真神之子竟然對真神失去了信心，陷於絕望。那才是最驚心動魄的真理；再有才情的小說家也編造不出來。

安徒生有好些童話兒童未必就能看得懂，像《小人魚》便是其中一例。小人魚因為沒有得到王子的愛情，只好縱身入海，幻化作通體透明的空中女兒，從海面冉冉浮升空中；空中的女兒可以經過三百年的修煉而獲得不滅的靈魂：「如果我們找到好孩子，給父母帶來快樂、贏得父母的愛，上帝就可以縮短我們考驗的時間。我們飛過屋子，孩子卻渾然不覺。每當我們幸福地對着他微笑，就可以在這三百年中減去一年；但當我們看到頑皮惡劣的孩子，而不得不傷心哭泣，那末每一顆眼淚就使我們考驗的日子多加一天。」

小時候初讀這段《小人魚》的終結，只覺得餘韻無窮，充滿詩意，但同時間又弄不懂那個道理。小人魚修煉她自己的靈魂，為什麼要受到好孩子和壞孩子的影響？壞孩子行為惡劣，該罰的是他自己，為何竟然牽連到小人魚的修煉？後來我在聖若瑟讀小學，學會念信經，有這樣的經文：「我信有聖而公教會，諸聖相通功。」我覺得「諸聖相通功」（Communio Sanctorum）聽起來頗為耐人尋味，於是就去翻查《要理問答》的小冊子，想弄清楚那是什麼一回事。原來教會中的每一個教徒所作的最隱秘的罪行，和最細微的善舉，都影響了其他的教徒。這最為奧秘的天主教教義其實也就是最通俗易懂的市井智慧：「有福同享，有難同當。」到了今天這地球村的世紀，更加沒有任何人能夠作獨善其身的自私打算；而同時我們也因此而充滿了希望。每當我們發現自己對最心愛的遠方親人無從伸出援手，便可以轉移目標去幫助身邊可以幫助的人，例如說，在最疲倦的時候振作精神，扶持瞎眼的老太婆過馬路，又或者在口渴之際少喝一杯水。這看似微不足道的善行和克己功夫，能使遠方的至親遙遙感應，很神秘地，得到了精神上的安慰。

二〇一七年

愛是承諾⋯⋯⋯⋯

夫妻或情侶之間的肉體吸引，頂多五年就差不多用完了；一切變得例行公事，由耕田轉為拜年，隨着而來的就是七年之癢。猩猩娶得美人歸（朋友說：猩猩？似猩猩倒好了；猩猩還有點威武風神；似隻馬騮罷了。），喜得抓耳撓腮，如獲至寶，只是過了一段時日還不是照樣視為馬棚風一般，又另外找尋新鮮的，把婚禮上的承諾丟往天不吐。《雪濤小說》中的「妻不如妾，妾不如婢，婢不如妓，妓不如偷，偷得着不如偷不着」所流露的視女性為玩物的思想固然冬烘得可厭，卻也道中了情慾的關鍵：一切完全存在於想像；大腦才是最性感的器官。色情淫穢的電影所以容易叫人厭倦，是因為太過一目瞭然，缺少了詩意的神秘面紗。大家只知道男女之事可以色情淫穢，殊不知史匹堡式的緊張恐怖電影也是另類色情，因為完全訴諸官感，電腦特技效果比真的還要逼真，能夠引起即時反應，可惜完全沒有想像的餘地，也就過後即忘，了無痕跡，毫無回味之處。所以至目前為止，最好的一部鬼片始終是英國 Jack Clayton 的 *The Innocents*（一九六一年，港譯《古堡魅影》），因為片中的鬼始終只是若隱若現，疑真似幻，那效果反而更驚心動魄，因為摸不到底。近代最偉大的演員羅羅士．奧利花給同業最佳的忠告是：「無論如何，褲子脫不得。」當然這只是打個比喻：最後一招絕對保留不用，這才給人一個深不可測的印象。記得中學化學老師在教副作用之時說過的笑話，可以在這裏借來說明一下：「除咗正重有副，除咗副就乜都冇啦。」

情慾、藝術和做人大約如此。但是真正的愛情卻應該還要多一點點。

波蘭電影《藍》（一九九三年）裏面的茱莉在汽車意外中同時失去丈夫和女兒，萬念俱灰，在決定和過去完全斷絕關係之前，打電話給亡夫的助理奧利花，因為知道這人一直在暗戀她：「你想念我嗎？你愛我嗎？如果你要的話，可以現在馬上來。」奧利花冒着大雨濕淋淋地趕到，在只剩一張牀褥的空屋內和茱莉偷歡一宿。翌日清晨茱莉替奧利花沖了一杯咖啡放在牀頭，說：「你如今終於明白，我和其他的女子一樣，會得出汗，會得咳嗽，也有蛀牙。你不會再思念我。」茱莉的目的是要了斷這一段情，但事實上男女之情並非只限於肉體上的愉悅；後來奧利花一直有和茱莉見面，並一起完成茱莉丈夫生前未能完成的交響樂曲。

肉體上的愉悅過後又是怎樣的一番風景：「許多唧唧喳喳的肉的喜悅突然靜了下來，只剩下一種蒼涼的安寧，幾乎沒有感情的一種滿足。」誰都會經驗過這樣的一個階段吧。就像《戰爭與和平》裏面的安德烈王子戀愛着娜塔莎，只覺得她神秘而又嬌艷；一旦她同意了以身相許，就站立在他面前，神秘的詩意頓然消失，但他眼前的這個女孩是分明真實的，有一種楚楚可憐的韻致，因此憐惜和愛護之情油然而生；他要一生一世照顧娜塔莎。愛情可貴，正因為那不只是飄忽不定的感覺，更加是長久的忠誠和承諾。

二〇一八年

預知未來……

迷信是心智薄弱者的宗教。

前些時，幾個朋友坐在一起談天，不知怎的就扯到運氣這話題上面去了，也想不到其中一名年輕人竟然對算命掌相名字風水等大有研究。一時之間大伙人談得好不熱烈。我一時貪玩，也將我的名字交給他替我算一算，結果因為不能決定筆畫的多少而算不出凶吉。這位年輕人說：「萬一名字不好，可以請專家替你把名字改掉。不過單看名字還不夠，還要配合八字、住屋的風水，以及你的掌紋、面相。改個名字，大約要兩千元，看陽宅風水，則以尺為單位計算，單看面相也不夠準確，最可靠的是看個全相。」

一聽至此，知道不好玩下去了，於是轉換話題。迷信這樣東西是碰不得的。你一碰，便一連串的東西都來了，叫你永無寧日。你要迷信，那名堂可太多了；中國人的迷信再加上洋迷信，樣樣避忌樣樣疑慮，那還能活得暢快嗎？索性徹底不理會，反而清靜。

毫無疑問，預知未來有很大的吸引力。有時候在街上遇見瞎子坐在一旁，手中握着簽筒，腳步不禁放緩；但是自從十年前給一位半生不熟的朋友看掌之後，嚇得兩個月不舒服，以後再也不看了。最近妹妹想要算命，我也叫她少找麻煩。

意志堅強，心身健康的人不必去占卦算命。我們的社會有這許多迷信的玩意，正好反映了人心的空虛與徬徨。要預知未來也並非是不可能的事，不過求諸算命就太不智了。只要用高度的集中力去觀察現在，也就能夠看到一點未來。最簡單來說，小朋友讀書受到困擾，也會偷偷地去算命，問自己來年會否升級。而其實答案很簡單。用功讀書，升級的成數自然高；坐在那裏空擔心，算命說你一定升級也沒有用。

每一個人，只要心身狀態良好健全，都已經擁有預計知未來的能力了。不必要再求諸各種不必要而又滑稽的迷信。

成功人士都有個秘訣，他們能夠把握未來。把握未來，就是先把握現在，以高度的集中力。

你會問：「那許多意外的事情又怎樣解釋呢？」我相信在一個很微妙的層次上，很多的意外也是我們自己要負責的。一件瓷器給打碎了，又或者一部汽車撞毀了，都各有前因。心情不好，心神恍惚的時候，總比較容易打碎東西發生意外。為什麼有些動物在一起大地震之前會得集體逃亡？因為他們已經在目前收到將來的訊號。一隻杯子在被打碎之前已經發出過訊號：喂，你將我放得太靠近桌邊。又或者：留心，你今天疲累，手不夠力，拿我的時候要注意。但是我們沒有聽到。

一九八〇年

二

談文說藝

莫札特
⋮

瑞士神學家卡爾・巴特（Karl Barth）曾經在一九五六年發表過一篇莫札特的讚禮。巴特崇拜莫札特，每天早上醒來，都必定先聽一段莫札特，然後才開始工作。莫札特無疑是巴特的每日精神食糧，可以給他面對生命的力量。他曾說過：「我甚至必須承認，一旦我真的可以上天堂，我第一個要見的人就是莫札特。」別的音樂家或許是反映陽光的露珠，而莫札特卻直接向我們展示天堂的一角。因此，巴特堅信莫札特在那裏。

巴特說：「我們日用的食糧，必須包括嬉戲。我聽莫札特的音樂，就是聽他在嬉戲。嬉戲是極崇高而又困難的一件事，需要高度的技巧。而莫札特的技巧是無可比擬的。只有憑着赤子之心去直接了解宇宙萬物的人，才能美麗地嬉戲。……當我聽莫札特的時候，他的愉悅鼓勵和安慰我。」莫札特的嬉戲，正顯示出他的超凡脫俗，他那絕對的自由——孩童的自由。他在現實生活中活得一塌糊塗，對於他那個時代的科學、政治和哲學可以說是一無所知。他根本是世外之人，天堂的小孩。

韋特曼曾經如此稱讚大自然裏的動物：牠們不流汗也不抱怨，不終夜為自己的罪過而哭泣，也從未喋喋不休地討論對上帝的責任。莫札特的音樂也像這些純真可愛的動物。他的音樂是一個清脆永恆的「是」。巴特說：「聆聽你音樂中的辯證：我們可以年輕和年老，工作和休息，滿足和憂傷；換言之，我們可以活下去了。」

莫札特那永恆的「是」裏包含了「否」。他最美麗超凡的音樂裏亦有不可言喻的憂傷。有些藝術家在人生百般的矛盾之間找尋平衡，而莫札特則索性將這一切矛盾化解，因此他的音樂透明如同水晶，輕盈如同蝴蝶翅膀。但是這透明和輕盈並非沒有心肝，只是在莫札特，一切人間的血肉皆有昇華，連心肝亦化作水晶玻璃。

有人批評莫札特的音樂沒有深度，那是因為他沒有把人生的種種困擾和矛盾帶進他的音樂。他不像貝多芬那樣在音樂的天地裏作個人的傾訴，又或者向命運挑戰。莫札特的音樂沒有自傳意味。（導演米路士．科曼的《莫札特傳》將他的音樂作自傳式的演繹似深實淺。）你不會在他的音樂裏面看到他個人的苦惱和掙扎。

假如莫札特的音樂聽來輕盈，那是因為他將沉重的部分預先剔除了。他將創作過程的困難留給自己，將創作的喜悅給了我們。

一九八〇年

陽光燦爛……

添蜜悌・沙洛梅（Timothée Chalamet）完全叫我想到陶更筆下的elf：纖麗清癯如同凝露之竹，靈動活潑卻似夏日溪流；膚色透明而有光澤，彷彿英國骨瓷，一碰即碎，而其實他的質地豐厚。在一次訪問中他透露每次乘坐飛機皆精神緊張，害怕失事。這倒不足為奇：正當大好年華，事業又春風得意，卻愈是強烈感覺死亡陰影的追隨。又一次訪問中被問及事業前途，他竟然嘆道：特朗普當政，連人的生存也成了未知之數。這他的憂慮可就是真的了。又再一次有人問他心愛的小說，他說：「托爾斯泰的《伊凡・伊里奇之死》。」我聽了耳朵一聲清亮；這小子可還真的有點意思。

添蜜悌・沙洛梅真是個異數：母親猶太人，父親法國人，天作之合地結晶成那種 androgynous 品質（借用添美自己的說話：It's the random luck of the universe。），只有當年年少的孟甘穆利．奇里夫堪可比擬。添美年已二十有奇，卻依然一團孩氣，牽着母親的手共赴奧斯卡盛會；看到老師同學通過錄影向他致意，開心得扎扎跳。他最可愛的地方還在於他的品性率真謙厚，而且會得自嘲。還好碰上了一個盧卡，但盧卡並沒有把添美的優點全部引發出來；在《以你的名字呼喚我》裏面，有些鏡頭甚至把添美拍得平常。更次一等的導演恐怕只有把他拍成一個小流氓。添美長相清癯，身形纖長得叫人想到占士．史超域；有時候照片會把他拍得怪怪的。其實柯德利．夏萍和奇烈達．嘉寶在某些角度看上去何嘗不是怪怪的？但是一經名家攝影調度，優點盡現。添美一旦動起來完全是另一番風景：接受訪問時手舞足蹈，屁股彷彿裝了彈簧，沒有一刻安靜；臉上表情瞬息萬變，尷尬害羞驚訝開心，如同石上清泉，盡皆閃露在外面。偶然出其不意地來他一個 dab：先把頭一低，兩臂斜斜地往左一伸，或向右一比；一時之間說得高興了又來一招孫悟空的捲手曲膝，意態嫵媚，卻又流露了男孩的俏皮；這可真的是：寓剛健於婀娜之中，行遒勁於婉媚之內。添美真是生不逢時，他應該碰上一個維斯康堤，把他調度成《死在威尼斯》裏面的美少年；而只有Cecil Beaton那種級數的攝影師，方能捕捉他那稍縱即逝的elvish charm。希治閣和杜魯福提到當年《後窗》裏面的嘉麗絲．姬莉，用他滋油淡定的語調說：She's so nice to look at。而添美不單只也有這樣的賞心悅目，還更有豐厚的潛質內涵。

添美看來有一個健康的家庭，真叫人替他慶幸。他說在奧斯卡酒會上不會喝醉，因為不要母親不高興。荷里活對年輕人的負面影響他也留神。一次他在訪問時坐在椅子上跌了個倒栽葱，然而立即翻身站起來高舉雙手做了個勝利的姿勢。他自己說：It's all about the recovery。相信他在人生的旅途上也會抱着同樣的精神去應付一切。

二〇一八年

左邊地……

《水滸傳》第二十四回，賣水果的鄆哥兒當面取笑武大的老婆偷漢子，說：「我笑你只會扯我，卻不咬下他左邊地來。」金聖嘆評本「左邊地」作「左邊的」。「左邊地」乃市井褻語，龜蛇二將，龜在左，左邊地就是龜，隱喻男子性器。

為什麼特別提起呢？因為曾經在文稿偶然論及，頗引起一位朋友的微言。這朋友也未免太迂了。洋人說的：the singer not the song。問題不在說什麼，而在於怎麼說。荷里活大導演希治閣的太太說：「希治閣能夠將黃色笑話說得文雅。」正所謂題材不等於作品。

文藝復興時期的理想人體比例圖，四肢向上下盡量伸展，構成一個四方形裏面的兩條對角線，性器官剛好就在這兩條對角線的交叉點上，位居正中。一切的生命和藝術，正源於此。法國印象派畫家雷諾亞晚年雙手不便，卻依舊作畫，有人問他如何創作，雷諾亞不假思索回答：「用我的陽具。」聽來似是賭氣話，其實自有道理。名畫家如魯賓斯和畢加索，都將自己的情慾提升，以畫筆代替陽具，從事藝術創作。美麗的花朵根植於泥土，而愛情的宮殿卻建築在排泄的所在。美與醜，愛與慾，本來就如同陽光和影子，不可分割，且在同時構成整幅風景的美。古代的文明反而採取坦然面對的態度：希臘聖殿有陽具崇拜，在一些歡樂的節日裏，女子圍繞巨大的陽具象徵跳舞。在《舊約聖經》裏面，向神宣誓的時候必須以手按着自己的陽具，以示真誠。男女關係，是神人關係的一個影子。聖十字架約翰的神修著作裏面，往往借助男女性愛的意象來表達人神溝通的經驗，不見污濊，反而呈現出超凡入聖的境界。

一九八〇年

美人生鬚

：：：：

男士下廚，女人生鬚，都可以列為另類性感。正是鐵漢柔情，巾幗鬚眉，妙在反襯。

好端端的一個男生忽然穿上了圍裙，斬葱切菜，打蛋調味，一雙手往返於砧板和灶頭之間，靈動如同燕子，叫一旁靜觀的女友看了不禁浮想聯翩。至於女人生鬚，則說來話長。

看名家小說的一大樂趣是看他們如何捕捉美人的千姿百態。有一種寫法是根本不直接一一描繪美人的眼睛鼻子，而是描述她四周的人物在看見她之後作出的反應：或驚嘆，或迷戀；這樣側面烘托，把大量的想像空間留下來給讀者。《石頭記》八十回中自是美女如雲，曹雪芹的創新是敢於點破：他把美人的缺點也照樣描繪並列。這樣寫法有雙重效果：黛玉湘雲都是真有其人的血肉之軀，而且她們的缺點反而成為美的特色。黛玉的病態、寶釵的微豐、鴛鴦的雀斑，都是例子。其中最特別的是湘雲的咬舌，即廣東人說的黐脷根。這本來是很煞風景的事，而且湘雲說話最是口直心快，看到了寶玉把「二哥哥」說成為「愛哥哥」，反添嬌憨之態。而且湘雲的體態生得蜂腰猿臂，鶴勢螂形，性格則「生來英豪闊大寬宏量，從未將兒女私情略縈心上」。在第四十九回「琉璃世界白雪紅梅」中她更索性打扮成一個小子。有趣的是一次寶玉躲在花叢中，只露出了臉孔，被錯當作女孩，而賈母也說寶玉終日和女孩相處，毫無機心，莫非是女孩托生的。史湘雲和賈寶玉這樣的陰陽對調，卻又剛好成為天生一對。

《意大利式離婚》（*Divorce Italian Style*, 1961）這部電影裏面，男主角因為忍受不了妻子的需索無度，決定把她幹掉，移情別戀。這妻子生得濃眉大眼六角臉，一看便知生命力特別強盛。但更加抵死的是導演大筆一揮，在這妻子的上唇加添了兩撇鬍子，叫人心照不宣。俄國文豪托爾斯泰早已別開生面，在他的小說中來一招美人生鬚；這在他全然是力求寫實，反而轉為新奇。《戰爭與和平》裏面的麗莎公主是個活潑可愛的小美人：「她的嘴唇上淡淡的長着一抹微黑的毫毛，小小的上唇遮不住牙齒，嘴唇微張，當上下唇抿到一起時，格外顯得可愛。」麗莎的缺點反而成為她獨特的魅力。《安娜·卡列尼娜》裏面的安娜是個美人。她在火車站初出場托翁便描繪她明亮的眼睛和微笑彎曲的嘴唇，捕捉她那「被壓抑住的生命力」。要到了書中的第七部，托翁才描述一幅意大利畫家替安娜畫的畫像：「這不是畫，而是活的嫵媚的女子，有捲曲的黑髮，袒露的肩膀手臂，長了細毫毛的嘴唇上有沉思的笑意。」這樣曲折地輕筆暈染，安娜的美更為立體，浮現紙上。真的是一代寫實大師。

電影《祖與占》（*Jules et Jim*, 1962）裏面的凱特也來個女扮男裝，畫上鬍子和祖與占上街，居然沒有被拆穿。祖與占莫名地受到感動。原著裏說凱特「有寬闊的肩膀和纖窄的臀圍，驟眼看去像是個男生。」凱特性情剛烈，她的配偶祖則柔弱順從，分明又是一對陰陽對調的絕配。

二〇一七年

：：接吻

在《戰地鐘聲》這部荷里活老電影裏面，英格烈・褒曼問加利・谷巴：「我一向好奇，人們是怎樣接吻的。兩個人的鼻子隔在中間，如何克服這障礙？」如果兩人真正相愛，萬重山也能超越，區區兩個鼻子又算什麼呢？兩張臉孔相對，鼻子最先接觸，於是大溪地的土著便先入為主，現成的擦鼻子為樂。接吻是更進一步的示愛方式，看來不是西方文明獨有。中國舊小說裏面也有「親嘴」這回事。整部《紅樓夢》沒有出現過親嘴的描述，只是在鬧學堂的同性戀風波之中有提及。古代禮教太嚴，沒有多餘的時間，一有機會都先作出最基本選擇。接吻比較上是更為優雅的奢侈品。西方電影更加將接吻提升為藝術。第一個叫人想起的是荷里活大導演希治閣。他在每一部電影裏面都加插一場重頭接吻戲。《意亂情迷》裏面男女主角接吻之際溶入了七道門，一道道的緩緩打開，直見晴空白雲，意境深遠，耐人尋味。《捉賊記》裏面接吻特寫鏡頭和燦爛的煙花交替出現，組成一種阻隔的性感蒙太奇。英國導演大衛·連的《齊瓦哥醫生》有一段我也喜歡：齊瓦哥重見情人娜拉，沒有言語，只在沉默中上前緊緊擁吻，非常的安靜溫柔，然而有一股奇異的力量，彷彿是一座山在擁抱另一座山；只聽到窗外沙沙的風吹樹葉。如今的電影似乎不耐煩這樣含蓄典雅的營生，只有《時光倒流七十年》裏面，男女主角接吻，鏡頭慢慢移向蠟燭，將一切留下給想像。

改編魯迅短篇小說的《傷逝》裏面，也有接吻鏡頭，先拍男女主角的腳，然後鏡頭向上移，一路移向男女主角後面的樹枝。很古老的手法，然而那感覺很好。至於《董夫人》，則重複地拍一雙手的輕微接觸，就暈染出了無限的性感。當然，我們可以說，我們有更重要的事情要做。不過人生在世，偶爾接個吻也是很健康愉快的事情。例如說，在上班之前，讓孩子柔軟的嘴唇在臉頰上印一印，可以得到力量，面對一天辛勞的工作了。

一九八〇年

戲假情真

……

希治閣在一九七九年終於獲得美國電影協會的終身成就大獎，大會司儀英格烈·褒曼引述了當年拍《意亂情迷》（*Spellbound*, 1945）的一件逸事：「我和你在爭論大半天，說你要求我的那一種情感，我做不來。你只出其不意地說：『英格烈，來假的。』這是我一生人所聽到的最佳勸喻。」

希治閣說過電影裏面的東西無一不假，場景、道具、人物、情感，全部可以用技術經營表現出來。但是他拍出來的《觸目驚心》（*Psycho*, 1960）叫我們戰慄不已，而他的《迷魂記》（*Vertigo*, 1958）更是叫人盪氣迴腸。假手段換得了真感情。那麼這算不算是欺騙？不算。攝影、佈景、音響，氣氛，都要運用高超的技術去達到真品藝術的創作意圖。有人笑稱藝術即是偽術；無論如何，一牽涉到術，就得講究方法，那就真是各師各法：有些導演一味要演員動真感情，有些導演不管，用各種不同方法去誘導演員，不理真假，只要拍成電影放映在銀幕上能打動觀眾便是成功。大衛．連引導奧馬．沙里夫演出《齊瓦哥醫生》（*Dr. Zhivago*, 1966）裏面的一幕：齊瓦哥在露台目擊沙皇軍隊濫殺平民，激動悲憤而又無助。怎樣在面部和眼神表現這複雜的情緒？大衛．連說：「你試想像自己性高潮那時刻的感覺和反應便是了。」反觀法國導演布烈遜的《驢子》（*Au Hasard Balthazar*, 1966），為了表現驢子的苦難，真的叫人虐打驢子，並且把燃燒的紙片綁在驢子的尾巴上，燒得驢子直踢後腿。片終驢子靜靜地躺在羊群之中死去，是超凡入聖的動人經典。我一直還沒有打聽出來，電影中的這隻驢子是否真的死去。

姑勿論藝術成就的高低，純粹從導演的手法來看，當然是希治閣比布烈遜變通，世故和聰明。做人處事，分分鐘來真的，不但自己活不下去，別人也同樣俾你激死咗冇命賠。中學時期學校舉辦話劇比賽，我也負責一齣獨幕劇。臨演出前一天，主辦這比賽的神父來打聽各人的工作進展，我如實報告：「我的演員還未綵排妥當呢。」但見我一向敬仰的神父亦像凡人一般臉色一沉。在那一刻我就頓悟了《紅樓夢》裏面的這話：「一天賣出三百個假，三年買不到一個真。」請注意這一賣一買之間的比例。《追憶逝水年華》（*À la recherche du temps perdu*, 1913-1927，分期出版）的法國作家普魯斯特一次收到朋友寄來的一本新作詩集。他看後把自己對朋友詩集的感想和批評忠實地寫在信紙上，但是放在抽屜裏沒有寄出，過了兩三天，拿出來看了一遍，再細想一陣，從頭再來一封新的信，將朋友的詩集讚美得一枝花，然後安然寄出。要明白，普魯斯特的動機是純正善良的，而且他的讚美也是出自真誠，只不過這一種真誠的組織內容比較曲折複雜。

有一位作家的母親臨終前向其中一個兒子交託心事，只可惜垂危的老人家口齒不清，長子的無法聽清楚母親的最後心願，急得一額汗，求真心切，連連追問。身為次子的作家在旁悄悄提示：「唉呀你真是的。你只要說媽媽您的話我都知道了；我一定會照着辦。這件事不就結了？反正能叫她安心而去便是你做兒子的最大責任。」

二〇一八年

溫柔的愛……

歐陸情人說：「你不愛我了，我殺死我自己。」拉丁情人說：「你不愛我了，我殺死你。」法國導演杜魯福電影中的女人說：「愛得咁辛苦，我攬住你大家一齊死。」

《隔牆花》裏面的瑪蒂德引誘她的情人貝納在荒屋最後一次做愛，並且在做愛的當兒，先開槍打死他，再開槍打死自己，就這樣結束了一段孽戀。但是貝納還有妻子和兒子需要照顧。這極端沉迷的情慾不過是自私的表現，因為完全沒有想到別人，包括那個她所鍾愛的男人；他可並沒有和她一同做鬼的意願。幸好杜魯福透過網球場女經理人的觀點去看這段狂戀，因此並沒有濃烈得一塌糊塗，反添一重客觀的個案研究意味。好的藝術總得帶三分疏離，疏離之中有清醒和思考。《祖與占》裏面的凱瑟琳和占愛得欲仙欲死，愛中有恨，結果把他引上汽車，由她把車子開往斷橋的盡頭，墮入塞納河中，硬要占和自己做一對同命鴛鴦。飾演凱瑟琳的珍摩露一邊駛向死亡，一邊向占微笑，那微笑寧靜而燦爛；但是笑中的含義是什麼？原著裏面這樣描述：占想到了各種的可能性，但卻沒有料到凱瑟琳會出此一着。凱瑟琳已經把網撒開！他逃不了。而且她和自己一同上路！啊！她到底還是愛我的……？那我也愛她！她臉上帶着狡黠的笑容，彷彿在說：「你看，占，這一次我勝利了。」車子翻滾落河之前的一剎那幻化成永恆。時間靜止了在那裏。

這段描述把男女私情推演到極致的境地。凱瑟琳用死來替自己的愛作一見證，而占竟也欣然接受。但是同時這也是一場男女鬧法；撒網的意象和勝利的微笑，都足以說明凱瑟琳要征服占的心態。她的愛是佔有。書中的凱瑟琳才情橫溢，但是性格剛烈。做她的情人，分分鐘提心吊膽；偶一不小心逆她的意，便大棍扑過來，要不然就出動左輪。占在凱瑟琳身上遇到了現實，而這現實將他撞成碎片。而書中的祖說過這樣的話：「戀愛中的男女通過了愛情去互相制裁。」即是說，正因為愛得深，大家把對方的一絲一毫都不放過。這是多麼可怕的真相。幸好這只是千萬種愛情之中的一種。

且聽聽意大利詩人但丁的話：「愛是一顆溫柔的心。（見 *Vita Nuova*）」在《神曲》裏面，但丁將雙雙橫死的戀人放在地獄的第二層。但丁聽到戀人的亡魂述說生前的愛情，甚至感動得悲慟倒地。即是說，但丁能夠同情這些風流孽鬼，認為他們的罪過比較輕，只是一時迷失了理智，錯把情慾當作真正的愛情。然而同情歸同情。嚴謹的道德立場不變。即使兩人真的相愛，但是亂了人倫，所以還是要落地獄，但能得到輕判。如果愛得溫柔節制，也就不會招致殺身之禍。大不了各行各路，讓自己能夠活，也讓對方有生路可走。我們年輕的時候都會試過戀愛吧，往往是死過翻生的經驗，但是我們因此而變得更為堅強。真正的愛是放開手。你不愛我了麼？只要有另一個人愛你，只要知道你快樂，我已經滿足了。

二〇一八年

杜魯福的《綠房》

: : : : : :

杜魯福的《綠房》（*La Chambre Verte*, 1978）是他電影作品之中的聖杯，久聞其名，不見真顏。很多年前曾看過《綠房》的錄影帶版本，影像質素奇差，不忍卒睹；最近終於找到了一個比較理想的法國 DVD 版，坐下來誠心誠意地看完整部電影，還了心願。《綠房》票房成績一敗塗地，主要原因是電影的調子沉鬱，主題又是死亡，看上去倒有三分似布烈遜。事實上杜魯福對《綠房》充滿疑慮，曾經多次想中途放棄，幸好終於完成。

電影要探討的是：活人和死者應該保持什麼樣的關係？報館的編輯戴凡（杜魯福自己飾演）勸解因喪妻而傷心欲絕的朋友：「我自己喪妻之後，作出了決定：於我，她依然活着。對於沒有心肝的人來說，你的妻子已死，但你要相信從今以後你不會再失去她。將你所有的思想、行動，你所有的愛，都給了她。死者屬於我們，只要我們同意屬於他們。相信我，死者會繼續活下去。」戴凡一直保留亡妻的綠房，裏面全是她的遺物。他將亡妻的紫水晶戒指找回來，又試過找人做亡妻的塑像，但是發覺企圖將熱情投射在物質上面而去接觸死者實在愚不可及，最後決定將一座荒廢了的教堂改建為他私人的死者聖殿。他把自己所認識的死者遺像供在那裏，點滿了火光通明的蠟燭。他找到了一個願意和他合作的女子西西莉亞，對她說：「這裏並非死亡之地，亦非安息之所，而是生命之所在。在我和你消逝之後，這些火焰會繼續發光，隨着心臟的跳動而呼吸。」

這番話乍聽之下相當動人，可惜經不起分析。《綠房》改編自 Henry James 的短篇小說（"The Altar of the Dead"）。杜魯福和原作者都沒有宗教信仰，但是他們的主角給死者起個燭光殿堂卻是類近宗教（quasi religious）的舉動。戴凡根本就不相信什麼死後復活，還將在喪禮出現的神父趕走。他自己取宗教信仰而代之的死者殿堂卻不見得高明。話是說得詩情畫意，可是他們死後誰去繼續燭光燃點？戴凡要西西莉亞在他死後替他點上一支蠟燭，西西莉亞反問：「我倒想知道有一天誰又去替我點上蠟燭？」戴凡的朋友喪妻之後不出數月便續弦，戴凡知道了十分生氣，但是西西莉亞說即使愛另外一個人亦仍然可以保持對死者的思念。戴凡堅持要和死者保持關係。但凡是關係，就是雙方面的。要是不相信人有靈魂的話，活人和死者的所謂「關係」就不外是一廂情願的自我沉醉和自我欺騙。西西莉亞對戴凡和自己都作出嚴厲的批評：「和你一樣，我知道和活人相處不易，和死者相處反倒自在。我們憑想像將死者困在透明的圍牆之內。」

我們聽過這話：「能夠活在愛人心中，也就沒有真的死亡。」但是會不會這也只不過是痴心妄想？愛人活在我們心中，但是我們自己也正在死去。《追憶逝水年華》的作者普魯斯特說：「我們並非因為死者的消逝而對他們的恩情轉淡，而是因為我們自己也在漸漸衰老。」

死者聖殿的燭光能燃點多久？

二〇一九年

獨行殺手

::::

半世紀以前的老電影可以統統列為鬼片，皆因為片中曾經是血肉之軀的演員泰半化作塵土，只留下了光影與聲音，倏忽浮現，如同魅影歌聲，卻依然能夠引起我們的感性與認知。午夜看法國導演梅維爾的《獨行殺手》（*Le Samouraï*, 1967），最為適宜，因為寧靜；（還有不要忘記他的《海之沉默》。）彷彿闖進了靈異空間：那灰藍色的雨天巴黎街道，那陰冷的近郊深巷，傳來斷斷續續的狗吠，還有那銀光和水晶輝映的夜總會，都森然帶有鬼氣。扮演獨行殺手的阿倫．狄龍當年三十出頭，還保留四分清幽俊雅，頭戴費多拉，身穿杏色乾濕褸，手腕上是康斯丹頓，殺人先穿上了白色手套；所以吳宇森說《獨行殺手》是由紳士拍成的警匪片。而梅維爾自己則說此片是由偏執狂拍成的精神分裂症患者的故事。雖說是紳士，看阿倫．狄龍默默地在黑夜的地下鐵路行走，完全是個幽靈。一九七二年吳宇森和我曾經在香港大學附近的山上即興拍了一段三分鐘的超八短片。我獨自坐在山頭吸法國牌子 Gitanes 香煙，吳宇森扮演的殺手突然掩至，笑着對我開了一槍。我中槍之後伸手向天，頹然倒地，也沒有細究是否合理。當時吳宇森穿的就是獨行殺手式的杏色乾濕褸。

《獨行殺手》一開始的時候就看見阿倫．狄龍攤屍一般地躺在牀上，背景是兩道窗口，可以看得見窗外的濛濛煙雨，兩道窗口之間放着籠中的一隻灰鸎。（梅維爾故意用雌鳥，顏色暗澹，為了配合他那把彩色片拍成黑白效果的創作意圖。）汽車在潮濕的馬路上輾過，發出的聲音如同海濤。攝影機往後拉，鏡頭卻向前 zoom，構成一種昏眩的效果，彷彿人在海上，一切都飄忽不定，處於迷離狀態，像是精神病患者的夢境。殺手緩緩起牀，恍如吸血殭屍。但見他穿戴妥當，臨出門用手把費多拉帽沿輕抹兩遍。我說這一個動作還真帶有一點水仙花情意結，但是當年吳昊告訴我其實梅維爾並不喜歡阿倫．狄龍這樣的演繹。或許這樣的一個小動作反而增添了殺手人性的一面，而減弱了他那錯亂的精神境界。

精神分裂也算是一種死亡狀態，而《獨行殺手》說的無非是殺手愛上了死亡。夜總會裏面的黑人女鋼琴師其實就是死神的化身。叫我震驚的是飾演鋼琴師的 Cathy Rosier 早已在二〇〇四年去世，還不到六十歲。那麼鮮活甜美的一個女人，如今只剩下了留在膠片上的光和影：蜜色柔膚配銀色緊身衣，露齒而笑，彈奏鋼琴。這是死神的真面目。

飾演車房技工的那位演員原來是梅維爾的好友，其時已經病重，依然友情客串，在片中為殺手換了車牌之後說：「這是最後一次了。」一語成讖，電影拍完之後便在醫院病逝。尤其叫我不能釋懷的是那隻籠中灰鸎，牠是殺手唯一的良伴。梅維爾說片子拍成沒有多久，他的片廠便被大火燒毀，而那灰鸎亦葬身火海之中，只是如今依然可以看到牠在電影裏面跳上跳下，吱吱嘎嘎。那是牠留下的魂魄。

二〇一七年

南京的小津

《東京物語》的小津，在電影裏描述上下兩代的親情和寬恕，何其溫柔敦厚；南京大屠殺的安二郎隨軍出發，冷靜地砍下人頭，冷靜地觀看春天的白花和路邊哭泣的孤兒，若無其事地將中國庶民比作昆蟲，卻又是這樣的殘酷不仁；至於這個小津和那個安二郎，竟然又是同一個人，雖然教人震慄，倒也不足為奇。

小津安二郎又並非小林正樹。小林正樹的「人間之條件三部曲」和《切腹》擺明車馬反對軍國主義，揭露武士道精神的虛偽，他本人也是個中堅的反戰份子，但是更令人激賞的是他照樣有本事拍出瑰麗奇幻的《怪談》；至於小津安二郎電影裏面的人物，在喝清酒之際卻若無其事地閒聊：「如果我們戰勝了，說不定如今就人在紐約。」對軍國的戰爭罪行何嘗有半點反思自省？即使黑澤明，看他的《赤鬍子》只覺得在那大英雄主義之下仍然不失其濃厚的人道主義精神，但是一看他的《八月狂想曲》，則完全不對勁；片中的角色提到廣島的原子彈，只是一再申明「我如今已經不再責怪美國人」，又說什麼「一切都是戰爭的錯」，非常的含糊其詞，一點也沒有去正視歷史的因果原由。

最近和陸離通訊，提到了小津，她說：「小津除了親情，還拍過什麼？」親情這回事在整個道德範疇之內本來就佔了較低的層次；只有在中國，和親情相關的孝道經過儒家的誇大渲染之後，佔了不成比例的位置，更往往淪為統治階層的權力鬥爭工具。西方對親情採取的態度比較冷淡平實，因此可能是因為補償作用，對小津的《東京物語》反而驚艷，曾一度登上《視與聲》十大名片首榜，對那原本只是實用的靜止鏡頭調度附和了禪的意境，彷彿真有這樣的一回事。更吊詭的是《東京物語》本來就脫胎自美國片 *Make Way for Tomorrow*（一九三七年）；那才是叫人黯然而神傷的一部電影。誠如陸離所言，《東京物語》一再強調其他子女的麻木不仁，來突出原節子這守寡大媳婦的孝順，很有問題。值得留意的是，原節子的丈夫正是在侵華戰爭中身亡的一個兵士。至於像《秋刀魚之味》裏面的女兒不嫁守在父親身邊，也是過份淨化了的一種關係；有好些小津本家的導演根本不承認小津描繪的父女親情代表真正的日本精神：現實並沒有那麼潔淨。

小津的問題正在這裏；畫面中的榻榻米和茶几皆一塵不染，連兩隻杯子裏的水位也要同等高度，至於演員攪拌咖啡應該是三下半而不是三下也要規定。小津對現實採取的潔癖態度其實正是欲蓋彌彰，矯枉過正。過份的乾淨正是原罪也似的驚恐，隱藏了齷齪的本質，一個不小心便走火入魔，又或者，真正的面目顯露出來了。華格納那超凡入聖的音樂只不過是再一次證明，偉大的藝術家照樣可以是一個王八蛋。至於親情，本來就是最接近動物性的一種愛，老虎和老鼠皆同等具備。母獅追殺母鹿之後，和小獅子同吃鹿肉，共享天倫，其樂也融融，絕對無視小鹿的哀鳴。納粹黨員在集中營把老弱婦孺送進毒氣室殺害之後，回到家裏還不是照樣父慈子孝。弄清這一點，我們就不必奇怪，一個那麼重視親情而又似乎十分厚道的小津，可以安心夷然地隨軍放出毒氣殺害無辜的平民。

二〇一八年

電影圖書館

：：：：：

在從前，要看梵高的《向日葵》或者達芬奇的《蒙娜麗莎》，只得長途跋涉去博物館；如果要看米開蘭基羅的《最後的審判》，更加要齋戒沐浴親自上西斯汀教堂。然而印刷和攝影將最神聖莊嚴的藝術從固定的環境中釋放出來；如今大家可以安坐書桌之前或躺在沙發裏翻看心愛的畫冊；一幅畢加索被反覆地局部放大，由專家詳細分析，深入探討；古代的名畫、壁畫經過高技術性的人才復修，往往會呈現不為人知的新細節；尤有甚者，在紅外線的掃描之下，畫家的筆觸亦纖毫畢現，甚至把畫底下藏有的另一幅畫偵查出來，像高更的《永遠不再》下面，原來還躲着一幅精繪的熱帶風景。凡此種種，我們都可以通過書本知道，從而將觀畫經驗起了革命性的改變，但同時間我們對藝術的感受亦因此化整為零，例如說，大家都會見過米開蘭基羅的天主創造亞當的人神接觸手部特寫，但難得的是親臨西斯汀教堂仰觀天花板上整體的《創世紀》一系列九幅組畫，從天地初開、痛失樂園到洪水方舟、挪亞醉酒，感受那宏偉氣魄；再者教堂四周的環境，也起了襯托的作用，增添感染的力量。處身其間，一種肅穆的儀式氣氛襲人而來。

藍光碟也同樣地將我們看電影的經驗全面革新。從前想重看威廉．韋勒的《金枝玉葉》，只有耐心等候院線安排。待時辰一到，便約同三兩同窗，整裝出發，穿山過海來到了樂宮戲院，彷彿上禮拜堂似的，帶着一份寧靜的喜悅，守望着尚未拉開的巨大絲絨帳幔。散場之後不忘把印有劇照的戲橋摺好帶回家妥當收藏。我曾經在戲院的黑暗之中偷拍《夢斷城西》裏面妮妲梨．活的特寫鏡頭，又試過用超八米厘電影機節錄了《幻想曲》之中的《田園交響曲》。如今這兩部電影只不過是我家中電影圖書館眾多影碟之中的其中兩隻，帶着幾分枯燥落寞在書架上等候我的雅興突發，再度垂顧。從前夢幻一般的銀幕聲光如今都一一落實為藍光影碟，書本也似的具有封面和內容，分門別類地在架上排列成陣：這邊是吸血殭屍系列，那邊是英國宮闈舊片；杜魯福當然樂於和希治閣為鄰，雷諾亞可得放在他們的上頭；至於小津，卻最好離黑澤明遠些為妙。

藍光影碟把我年輕時看過的電影完全化成了書本。電影和音樂近似，本來是時間的藝術，有節奏地由始至終一氣呵成，要像交響樂一般不能中途離場，方可以領略到整個的創作理念。但是藍光影碟卻把一部徐疾有致，起承轉合得天衣無縫的《大國民》或者《迷魂記》分出章回段落，變得可以隨意停頓或快速跳過，或抽樣只看其中一段，那感覺便完全像是看小說，看一段，停一停。高興了多看兩章，倦了便站起來去冲一杯茶；就這樣把一個律動的中國花瓶瓦解成片。許多經典電影還有隨着電影同步進行的影評聲帶，更有多種幕前幕後的花絮資料，這些就像名著的註釋和附錄，能加深我們對電影的欣賞和理解。我曾經把高克多的《美女與野獸》的其中一小段定格追蹤，研究美女戴上魔法手套能夠穿越牆壁現身的特技效果是怎樣拍成的。原來高克多先拍美女跌入一道破裂下陷的薄牆，然後將之先後倒轉放映，便完成了這魔幻鏡頭。

但是我更願意找個時間可以靜靜地坐下來在房中把克萊曼的《陽光燦爛》從頭到尾看一次，藉此再度追尋中學時代逃學看早場的興奮和迷惘。

二〇一八年

香港文藝剪貼簿

：：：：：：：

近年來香港之所以掀起了一股懷舊熱潮，相信是因為一個時代的結束，大家忽然都想回頭看看；童年時期走過的宋王臺、天后廟，小時候媽媽用過的牡丹花暖水壺，戀愛時和情人在九龍城住家式小店吃過的一碗香葱排骨湯麵，沐浴在回首看夕陽的金黃之中，平添溫柔的嘲諷和浪漫。懷舊的照片、文章、影片和錄影紛紛上網，而其中比較冷門但其實很重要的一環是剪報。雖然說紙媒在漸漸式微，但是仍然有一批懷舊老餅在誓死效忠硬件實體的報紙雜誌。啊那提着雀籠挾着日報上得雲或龍鳳的歲月；坐下來嗤啦一聲把新聞版打開，側着頭瞇着眼看到的戰爭和災難，盡皆成為茶餘飯後的消遣。遇到喜歡的香山亞黃或陳韻文，遂剪存下來，拼貼成冊。日子久了，紙張泛黃；偶然興致來了翻看一遍，紙頁之間仍然散發淡淡的漿糊甜香，那是逝去了的老好青春歲月的氣味。

目前有兩個較為重要的老報紙雜誌網站，一個是香港文學資料庫，其間有小思老師數十年在故紙堆中埋首經營的心血；另外一個就是文友陳進權的香港文藝剪貼簿。香港文學資料庫的體系宏大，收錄了大量的報紙雜誌，有許多是完整的全文收錄，如《大拇指》、《素葉文學》及《中國學生周報》。可惜看不見我懷念的青年文友。香港文藝剪貼簿，一如它的名字，可以說是一個比較私人和精緻的網站，但是貼出的剪報總數，連文字及漫畫，依然可觀，超過七千篇，涉及的作家畫家約一百四十多位，其中有大家熟悉的王司馬、沈西城、劉以鬯，學院派的黃國彬、黃維樑，較冷門的冷雲、凌冰，和已經去世的嚴以敬和蔡浩泉。網站的主要內容是一九七一年至一九九〇年間香港報刊的專欄，連載短篇小說和漫畫，而且特備陸離翻譯杜魯福電影劇本一欄，通共收錄了九個劇本，是值得杜魯福迷參看的一份文獻；因為沒有出版成書，只有在這網站上可以看得到。「剪貼簿」中收錄的短篇小說作家有早已成為殿堂級的西西、也斯、鍾玲玲、何福仁，和較為冷門的迅清。卻原來迅清也寫過小說。這些都是別處看不到的。

「剪貼簿」的重頭戲是專欄文章，收錄的專欄總共五十六個，作家有亦舒、西西、也斯、方沙、岸西、小思、戴天、陳韻文、鍾玲玲等名家，還有如今成為香港重要詩人的淮遠和康夫。這些專欄的文字一般都寫得比較輕鬆隨意。（也有例外，康夫就比較嚴謹，淮遠一向保持精密。）像岸西寫午睡醒來，聽到生硬的琴聲夾雜着炒菜的油煙自窗外吹進房裏，又或者陳韻文在「滋事扎」寫鑽石山的小雜貨店，都是當年香港此時此刻的吉光片羽，似乎和歷史無關，卻是最真實的民間生活脈搏，流露出充沛的元神。當然還有好些作家年輕時隨意抒發的思想感情，因為沒有什麼防衛，或許生澀，卻見真切。陳進權自己寫的〈我的剪報歲月〉就是雋永的文章；彷彿在七八十年代香港是曾經有過一段流金歲月，而我們可以將這個剪貼簿看作七八十年代香港文人精神面貌的一個橫切面。

香港文藝剪貼簿的另一個特點是全部原色影印貼出，保存了當年報紙刊登的風貌，因此在閱讀文字之際彷彿還能感受到原件的質地氣味；說這許多精心拼貼成網的金黃剪報是由歷史碎片組成的一幅逝去的香港鑲嵌風情畫也不為過。

二〇一八年

寶釵的臉孔
……

中學時代唸過《老殘遊記》第二回的「明湖居聽書」一節，其中有借用了白居易的「大珠小珠落玉盤」來形容白妞的快板說書，聽的人彷彿都趕不上，他卻字字清楚，無一字不送到人耳輪深處。俏皮的同學將「大珠小珠落玉盤」改成一個詼諧版本曰：「大豬小豬落浴盆。」之不過此「盤」不同彼「盆」。廣東讀音一樣，容易混淆；普通話讀音則有明顯分別，意思當然也不同。簡單來說，作為容器，小而淺曰盤，如菜盤、茶盤，大而深曰盆，如花盆、水盆。當然也不一定。花盆也有小的，酒盤也有大的；和盤托出的盤既然要托着，肯定比較大，托的時候還需要有老練侍應的平衡功夫。客家人吃的是盆菜，一層層的鋪上去，盛載的食具要深要大。盤菜，卻是另外一回事，如春盤和拼盤。

從前生小孩叫臨盆，如果寫成臨盤，水肯定不夠用了。臉盆用來洗臉，臉盤是臉的輪廓。盆地是凹下去的地皮，地盤是建築房屋的根基所在；盤可以解作根本源本開始，如盤古。盤也可以解作扁平的圓形，像輪盤、羅盤。銀盤更往往用來比喻月亮，如陸游的「月從東海來，徑尺熔銀盤」。有人把羅冠樵畫的《兒童樂園》封面畫中的月亮形容為「臉盆大的月亮」，那就很煞風景。那麼用「銀盆」可以麼？盆是凹進去的，用來形容看似平面的中秋月就沒有「銀盤」那麼貼切了。

可是問題來了。在《紅樓夢》第八回裏面，寶玉眼中的寶釵是「臉若銀盆，眼如水杏」。將浮凸的臉盤比作凹下的銀盆，豈不是反其道而行，叫讀者的想像錯亂，無所適從？我耐着性子把抄本系列的《脂硯齋重評石頭記》一一撿看，從甲戌本到蒙古王府本，全部都是「臉若銀盆」無誤。總不成狂妄得認為曹雪芹「盆」與「盤」不分。劉姥姥初入榮府見鳳姐，鳳姐飯後，炕上桌上仍然碗「盤」森列，滿滿的魚肉。周瑞家的送宮花送至鳳姐處，只聽得一陣笑聲和賈璉的聲音（那是曲折的風月筆墨），然後平兒拿着大銅「盆」出來叫豐兒舀水。可見「盤」與「盆」涇渭分明，絕不含糊。只是這個寶釵的「臉若銀盆」把人弄糊塗了，難怪乎宣稱把《紅樓夢》的文本全部譯出來的霍克斯在這裏也跳過了避而不譯。楊憲益、戴乃迭則有譯文如下：「Her face seemed a silver disk, her eyes almonds swimming in water.」值得注意的是這裏的「disk」再翻譯成中文是「盤」，而不是原來的「盆」。

當然大家都知道，寶釵的「臉若銀盆，眼如水杏」源自《金瓶梅》第九回裏面的吳月娘：「生的面如銀盆，眼如杏子。」我也翻查過多個《金瓶梅》版本，包括竹坡評點本，皆一律作「面如銀盆」，或「面若銀盆」。David Tod Roy 的譯文是：「She had a face like a silver salver, eyes like apricots.」「Apricots」當然是誤譯，誤把杏仁當水果了。有趣的是這裏的「salver」，再翻譯成中文也是「盤」而不是原來的「盆」。顯然是三位譯者都知道，如果將原來的「盆」照譯成「basin」或「pot」，就會將寶釵和月娘描繪成凹臉的怪模樣了。

我們可以更進一步去看貫華堂古本金聖嘆評點《水滸傳》，第二回寫九紋龍史進初出場：「只見空地上一箇後生脫膊着，刺着一身青龍，銀盤也似一箇面皮，約有十八九歲。」Sidney Shapiro 譯為：「His face round as a silver platter.」這就捉錯用神。「盤」譯作「platter」沒有錯，但是原文的銀盤是比喻史進的臉色而不是臉形。正如《紅樓夢》裏面的寶玉初出現，「面若中秋之月，色如春曉之花。」這也只不過是印象派的聯想，是光澤色彩感覺，而不是死板板的一對一的形狀比喻。或者我們可以用這態度去看寶釵的「臉若銀盆」，問題就不存在了。

二〇一九年

捉魯迅字虱

：：：：：

十月初家裏的廚房再現鼠蹤，我這就把魯迅的《鑄劍》拿出來重看一遍，只因為故事的開頭就是一段眉間尺深夜戲鼠的絕佳文字。我隨手翻到的是台灣的風雲時代版，編印得很漂亮，且有註解。但是看的時候有些字覺得眼生，和記憶中的不脗合，尤其是「一隻很大的老鼠落在那裏面了」；記得少年時候看的東亞書局版本原文是「一匹很大的老鼠」。編輯手快，自以為是地改掉了。這是魯迅特有的單位詞用法，不落規範。有論者說魯迅用「一匹」老鼠，是形容那老鼠的碩大，但是在〈奔月〉裏面，魯迅也說「三匹老烏鴉和一匹射碎了的小麻雀」。我有點懷疑這其實是日文對魯迅的影響，周作人也有同樣的傾向。(日文中的中小型動物如貓、狗、鼠，通常用「匹」作單位詞。至於「男一匹」，即是「一條漢子」；不過咱們不是也說「匹夫有責」麼？「匹夫」也可以用來罵人。）這反而成為魯迅文字的一種特別韻味，最好不要改動。就像張愛玲，偶然也來一句英式的句子。《金鎖記》裏面這樣形容姜季澤：「季澤是個結實小伙子，偏於胖的一方面」。「偏於胖的一方面」，即是「on the plump side」。但是因為寫的是張愛玲，就不必改為「有點顯胖」了。在名家文本的校對方面，還是內地的編輯態度比較慎重。像沈從文的《邊城》，內地甚至有匯校本。張愛玲的作品，也是內地的接近作者原貌。隨便舉一個明顯的例子：張愛玲喜歡用「洋台」，皇冠版全部改為「陽台」。還有胡蘭成的《今生今世》，槐風版的據說比遠景的多出了數百字，原來是根據日文本校對出來的，堪稱一奇，可惜無緣得見。

《鑄劍》裏面第三章眉間尺的頭和國王的頭在鼎中的沸水搏鬥，決一死戰；「眉間尺偶一疏忽，終於被他（國王）咬住了後項窩，無法轉身。」這裏要捉魯迅的字虱何嘗不可。眉間尺的身早已給野狼吃掉，只剩下一個頭，哪裏還有身可以去轉？通常身和首是分開來說的，如身首異處，但是也可以說頭也是身體的一部分，因此這裏的「無法轉身」，是比較含混的說法，不算有語病，用不着改為「無法回頭」。《阿Q正傳》第五章裏面，阿Q和小D互鬥，各自一手拔對方的辮子，一手護自己的辮根。接着的原文是：「四隻手拔着兩顆頭，都彎了腰，在錢家粉牆上映出一個藍色的虹形。」參看前文，分明只有兩隻手拔着兩顆頭，但是這樣寫就沒有原文的活潑，反顯重複板滯。我要說的是：對於已經成為經典的文學作品，編輯校對之際態度要謙虛，要細心去體味作者的用意；有些看似別扭不通之處，往往正是作者文字風格特色之所在。西西的《我城》就是一例。書中描繪參觀葬禮的親友：「這時，有很很多人傷風了。」「很很」正是傷風的象聲疊字；台灣的允晨文化版編輯盡忠職守地刪掉了一個「很」字，化神奇為腐朽。

二〇一八年

〈天才夢〉校對記……

文學作品不要隨意改動人家的。咱們的金聖嘆雖然見解高明，鑑賞能力精闢獨到，卻可惜天生手癢難自禁，把《水滸傳》和《西廂記》也拿來刪改一通，大剌剌地撈過界還洋洋得意，實不足取。至於高鶚續《紅樓夢》，除了把前面的思想情節掉頭換臉之外，還自以為才情比曹雪更高一斗，把黛玉「搖搖而來」畫出身段的形容順手改為「搖搖擺擺」，化飄逸為醜態。台灣出書編印精美，但喜歡逕自修改經典文學，往往超過了編輯的界限。內地編輯對經典文學文本所採取的態度，一般來說，就慎重得多。張愛玲即是一例。

今天倒要把張愛玲的少作〈天才夢〉拿出來，因為文中有兩處的確出了問題，純屬校對，不是擅改。先說簡單的一處，出現在文章的結尾：「生命是一襲華美的袍，爬滿了蚤子。」這個「蚤子」應該是「蝨子」。張愛玲自己在〈對現代中文的一點小意見〉裏面已經說得再清楚不過：「《張看》最後一篇末句『蝨子』誤作『蚤子』，承水晶先生來信指出，非常感謝，等這本書以後如果再版再改正。」魯迅在《阿Q正傳》的序裏面也試過張冠李戴；他自己在一九二六年寫信給翻譯家書素園承認：「《博徒別傳》是 Rodney Stone 的譯名，但是 C. Doyle（按：即是《福爾摩斯探案》的作者柯南・道爾）做的。《阿Q正傳》中說是迭更司（按：一般作「狄更斯」）作，乃是我誤記。」認是認了，卻似乎沒有改的意思。但是張愛玲明明有意要作改正，為何偏偏沒有人理會？（有興趣的讀者諸君可以跟進閱讀《格林童話》〈蝨子和跳蚤〉。）

另外一處比較複雜。「我學寫文章，愛用色彩濃厚、音韻鏗鏘的字眼，如『珠灰』，『黃昏』，『婉妙』，『splendour』，『melancholy』……」這裏的「黃昏」其實是「昏黃」。「黃昏」與「昏黃」雖然是一對同素反序詞，意思卻迥然不同。我相信這是當年《西風》雜誌的編輯見「昏黃」一詞眼生，改為「黃昏」；可惜連唐文標的《張愛玲資料大全集》裏面也沒有收錄《西風》最初刊印的〈天才夢〉文本影印本。他只在書中說：「我收藏《天才夢》一本，讀者有興趣可以借閱。」如今看來像是開玩笑。他還特別指出當年《西風》徵文比賽得第八名的吳訥孫即後來的鹿橋。為什麼說是「昏黃」？因為「昏黃」和「珠灰」剛好是天生一對，不單是兩者都屬顏色，而且是張愛玲最喜愛的參差對照的配搭：「珠灰」是一明一暗，「昏黃」是一暗一明。而「黃昏」那麼普通的字眼，既不「色彩濃厚」，也不「音韻鏗鏘」，根本沒有資格處身在例證行列之中。灰與黃的對照不時在張愛玲的作品中出現。〈心經〉裏的客室，「因為是夏天，主要的色調是清冷的檸檬黃與珠灰。」〈沉香屑・第二爐香〉裏面的愫細，「她穿着一件晚禮服式的精美睡衣，珠灰的『稀紡』，肩膀裸露在外面，鬆鬆一頭的黃頭髮全攪亂了，披在前面。」至於「昏黃」，一直在宋元詞曲裏面用來經營淒清荒涼的意境，如「長城望斷，燈火已昏黃」，「笛淒春斷腸，淡月昏黃」，「庭院欲昏黃，秋思惱人情亂」。張愛玲也愛用。隨便想到的就有《金鎖記》裏面的「門外日色昏黃」；〈多少恨〉裏面有「像在一個昏黃的夢裏」。

在〈愛憎表〉裏面，張愛玲描述母親帶她一起去聽交響樂，休息時間「我在昏黃的大音樂廳內回顧搜索有沒有紅頭髮的人，始終沒看見」。

二〇一八年

張愛胡說

::::

胡蘭成將中國民間傳說和古典文學的人和事來自比生平，似是信手拈來，渾然天成，但是一旦引用《聖經》，就露了底。所謂往事追憶寫自傳，歸根究底還是寫小說。這個咱們都知道，可是不要過了頭。像他寫小周：「小周這種宜嗔宜喜的批評人，使我曉得了原來有比基督的饒恕更好，且比釋迦的慈悲亦更好的待世人的態度。」這可真是豈有此理，但是喜歡胡蘭成的人照樣可以說他才氣縱橫，情感就是理性。其實係佢自己一個人講哂，佢嘅錯亦即係啱。但凡是他喜歡的就皆成為好。他又這樣寫小周：「她的人就如同舊約創世紀的第一句，『太初有字，』只是一個字。」當然大家都知道，《舊約．創世紀》的第一句是「起初神創造天地」。而「太初有字」是《新約．聖約翰福音》的起首，一般譯為「太初有道」，整句是「太初有道，道與神同在，道就是神。」弄清此點，就可見他真的是信口雌黃，胡說八道，把小周和神混為一談了。

張愛玲同樣的不熟《聖經》。出身天主教女校的她，弄不清 the Immaculate Conception 原來就是聖母無原罪始胎。這也倒還罷了，反正這信條《聖經》裏並不存在。張愛玲對洋人的宗教興趣並不大，始終保持在外觀望的態度：《聖經》於她也不外是文學作品：「但是聖經是偉大的作品，舊約是史詩，新約是傳記小說」（見《小團圓》）。她甚至說耶穌告訴猶大在鷄鳴之前有三次不認祂為「神來之筆」，把福音當作《紅樓夢》來側批一番。當然她也攪錯了；耶穌這話並非針對出賣祂的猶大，而是對首席門徒彼德說的。在〈愛憎表〉（見《在加多利山尋找張愛玲》）裏面，她又把這錯誤重複一次，可見不是無心之失，是真的弄錯了。她也不相信什麼來生的天堂地獄。她很清楚看到了生命盡頭的虛無，但是也就到此為止。〈中國人的宗教〉裏面說的中國人也可以說是張愛玲夫子自道：「一個一個中國人看見花落水流，於是臨風灑淚，對月長吁，感到生命之暫，但是他們就到這裏為止，不往前想了。」

我一直好奇為什麼張愛玲自小接受天主教教育，卻對宗教完全免疫。在《同學少年都不賤》裏面有透露了端倪的這一句：「她對傳教一向養成了抵抗力。」為什麼？在〈愛憎表〉裏面，張愛玲道出了她的原因。她認為聖母處女懷孕生子無法使人相信；其次，死後進天堂與親人團聚，在一片大光明之中讚美天主，無異天天做禮拜。「學校裏每天上課前做半小時的禮拜，星期日三小時，還不夠？這樣的永生真是生不如死。」話說得再明白沒有了。這樣的強迫禮拜任誰都會產生反感的吧；〈愛憎表〉裏面甚至說有女學生在禮拜時昏倒在地被抬出去。我也自小就讀天主教學校，可是從來沒有被強迫過，也沒有試過參與三小時的禮拜。做彌撒大不了不過一小時。一年一度的耶穌君王瞻禮也沒有三小時。張愛玲會否因為過度的憎惡而在回憶中引起扭曲誇大？正如她在〈憶西風〉裏面錯把〈天才夢〉的字限錯記為五百。反正她迷戀的是今生：「只有生生世世歷經人間一切，才能夠滿足我對生命無饜的慾望。」這單一而又專注的慾望或許正好解釋張愛玲文字世界的魅力和限度。

二〇一八年

張愛玲看瑪利亞

前一陣子，特朗普的「通俄門」和「防礙司法公正」的調查正在密鑼緊鼓，那邊廂卻忽然洩漏了一批聯邦調查局成員和女友的短訊，內容牽涉到對特朗普的不滿和批評。共和黨於是振振有詞：「一早話咗啦，呢個特別檢察調查根本就有偏見。而家一定要將呢啲短訊全部交出，公開審查，以正視聽。」一語未了，忽又傳出這批長達五個月的短訊已經消失無蹤。（現在又找到了。）於是有共和黨眾議員上電視接受訪問，裝模作樣地說這樣的神秘失蹤是「自無原罪始胎以來最大的一宗巧合事件（the greatest coincidence since the Immaculate Conception）」；誰知被人抽後腳：「你知無原罪始胎係乜東東乎？」那眾議員口窒窒之後說：「是宗教信條，指的是基督的誕生成人。」此語一出，立即招來譏諷：「說話之前要弄清事實。你要打比喻，卻連這比喻的本義也沒有弄清楚。」

基督的道成肉身當然是 Incarnation；Immaculate Conception 是另一回事。天主教一向有這樣的傳統教義：聖母瑪利亞貴為基督的母親，因此天主對她特別施加恩寵，在她於母親體內成胎的那一刻開始，便純潔無瑕，不受原罪的玷染。這教義便稱為「無原罪始胎」；到了一八五四年，這教義才經教宗庇護九世正式宣布訂立為天主教教徒必信的信條。在一八五八年，聖母顯現給法國鄉村貧家少女貝納黛；據貝納黛說，在三月二十五日那天聖母用當地的鄉村方言向她宣稱：「我是無原罪始胎。」

張愛玲的散文集《流言》裏的〈忘不了的畫〉有一段說到聖母：「從前沒有電影明星的時候，她是唯一的大眾情人，歷代的大美術家都替她畫過像。其中有這樣的畫題：『有着無瑕的子宮的聖母。』」這裏原文分明是「Immaculate Conception」，卻被誤會穿鑿成另外一個意思。耐人尋味的是 Andrew F. Jones 的《流言》英譯也沒有把原來的文字推斷出來，只是照譯為「Our Lady Of the

Immaculate Womb」。似是故意要保存張愛玲的誤譯，以便「忠於原作」，並且可以承接下文繼續演化出來的誤解：「從前的 Oomph Girl 等於現在的 Womb Girl。」當年張愛玲唸的是天主教聖瑪利亞女中，不知怎的沒有聽到過無原罪始胎的天主教信條。張愛玲並無宗教信仰，她喜歡的是奧尼爾《大神勃朗》戲劇中的妓女，強壯、粗野、肉感，對人類滿懷悲憫，且處處流露人間情味。這大地之母一般的女人，才是張愛玲心目中的女神。她以局外人稍帶獵奇的心態（「聖母更有一種遼遠的艷異」尤其能夠說明這一點）看瑪利亞，才會把聖母比作沒有電影時期的大眾情人。這樣的比喻雖然新奇大膽，卻和史實不符。她說「金髮的聖母不過是個俏奶媽，當眾餵了一千餘年的奶」，也說得俏皮風趣，但是流於膚淺浮面。至於說瑪利亞「一個低三下四的村姑，驀地被提拔到皇后的身份，她之所以入選，是因為她的天真、平凡，被抬舉之後要努力保持她的平凡，所以要做戲了。」這已經變成全憑一己之想像去寫小說了。當然，張愛玲並無意願寫一篇有關聖母瑪利亞的神學專論，而是以觀畫的態度抒發一下隨感罷了。

二〇一八年

讀《織巢》筆記

……………

讀西西的《織巢》，想起了許多年前亦舒說的一句話：「她什麼都知道，什麼都不說。」那麼《織巢》這部自傳體小說可是不說而說還是說而不說？我猜是說而不說：彷彿一切都說出來了，而其實到了最關情的地方，便戛然而止，又或者出現了中國山水畫的輕淡煙雲，給讀者留下了自己去體味的空間。但是書中描述母親發現女兒有了白髮的那一刻，卻依然直見性命，驚心動魄。西西自己坦言這是個愛情故事，不過是廣義的。正是：白日消磨腸斷句，世間只有情難訴。這個難不是難為情，而是難說得清。像西西這樣一個窮畢生之力只求將一句話說得準確明白的作家，貌似行雲流水，實則一字千鈞。西西喜歡電影，書中有一段憶述從前在香港第一映室看歐陸名片，提到布烈遜的《驢子》。我想《織巢》初讀會覺得文字輕盈清逸如同杜魯福，而其實神髓則直逼古樸節約的布列遜。你看布列遜那靜止的畫面，拍一隻驢子在蒼天之下無聲無息地躺在羊群之中。彷彿想哭了，然而沒有。西西寫一家人為了棲身一而再再而三地搬遷，住過照相館，也住過狹小的公寓。住照相館害怕暴風雨打碎櫥窗玻璃，又要防小偷。小公寓改建浴室廚房，要暫借鄰居的廁所。這些西西都一一描述無誤，但辛酸艱苦，不著一字。是為了尊重讀者，都留下了給自己，還是通過藝術的滌淨而化解了？其間的曲折辛勞如同織巢鳥的織巢過程，一枝一葉，慘淡經營卻又充滿情趣。西西寫一家人如何在不同的環境之中共處，起居飲食，力求改善，全是素筆白描，《我城》的顏色明艷，豐富意象，靈感湧現的俏皮話和音樂節奏，全部隱退。那文字的樸素，如同格林兄弟筆錄民間農婦述說的童話。書中通過母親的口說：「我本來想寫我的故事，但寫了一陣，已老眼昏花，想到我這一輩人的故事，就像其他人的故事，不外如是，也就放下筆來。」讀者千萬不要被瞞過了；那只是和曹雪芹說《石頭記》是滿紙荒唐言一樣罷了。你看西西不動聲色地詳細描繪母女三人的生活，彷彿如同雀鳥，就像普魯斯特描繪戀愛中的男女，互動牽引如同陽光雨露中的花朵，完全出於自然反應，沒有絲毫反思提升，而其實反思提升盡在準確的文字裏面了。

如果一定要用一個字去概括《織巢》，我只好用真，情真意切事事真，連母親的自傳和二姨的長信，都並列出來了。連最瑣碎的生活細節都捕捉呈現了。西西交朋友亦真誠相待，然而她也極為隱私。（亦舒說西西是真正的貴族。）《織巢》裏面的搖椅、樟木箱，妹妹婚禮穿的牛仔褲（是書扉頁題字紀念我的母親，其實內容更多是悼念妹妹），父親的逝去，在她的作品中一再出現，可以互相對照補充。然而也有叫人糊塗之處。在《織巢》的姊姊篇《候鳥》裏面有素素還在手抱的時候被年輕的姑娘不小心將她丟進河裏的故事，但是她告訴何福仁掉進河裏的其實是她的哥哥。我曾經問她《重陽》這首詩寫的可不是她自己麼，她笑說寫的是另外一個人。而結束全書的，竟然是母親口中的阿彩。阿彩有點像希臘悲劇中的 chorus。「但是阿彩不是也老了？人老了，還看得真切？」這個真，還是以問號作終結。

西西曾問我：「如果有一本書，你明知沒有人會看，你還寫麼？」

二〇一八年

小說蝦碌

電影有蝦碌，小說也有。電影蝦碌是：以五十年代香港為背景的故事竟然出現了披頭四的歌曲，又或者在槍殺發生之前已經有臨記預先掩上耳朵。至於娛樂至上的武俠小說裏面有宋代才女唱元曲，實在無傷大雅。這一類滑稽的無心之失往往還能增添閱讀的趣味。寫小說主要是想像虛構，不過也得看是什麼類型的小說。寫以歷史為背景的小說總得做一番考證，像現實主義大師托爾斯泰寫《戰爭與和平》，以拿破崙侵佔俄羅斯的一段歷史為背景，他就預先看了有關歷史人物的書信、日記，和自傳，甚至採訪經歷過這些戰爭的老兵。充分掌握了一手資料，再配合他的創作天才，自然下筆如有神。西西寫〈圖特碑記〉，便留神埃及沒有老虎；想寫軍隊勢如破竹，又要考慮到古埃及到底有沒有竹。這樣的創作思維就比較縝密，也是為了求真。但是如果沒有創作的天份、飛揚的想像，和真摯的情感，考證再準確無誤，寫成的作品照樣乾枯乏味。司馬遷《史記》裏頭的「世家」和「傳」，場景人物對白動作全部落齊，現場一樣，肯定有想像的成份，是歷史也是文學。至於《蜀山劍俠傳》，更加完全是幻想曲，水晶水母，芝仙俠女，上天下地，無所不至。而金庸，不過是利用歷史背景替他的小說添增紋彩，誰當真誰就上當。他自己不是早已說過小說戲劇裏面，宋人可唱黃梅調，關公能說廣東話。還有誰會浪費時間去研究韋小寶說的揚州話是否正宗？

喬伊斯寫《尤利西斯》，寫的是一九〇四年六月十六日那一天的都柏林，以半夜的大雷雨結束。時間地點，全部實牙實齒，有人甚至考證出書中有多個小角色，如雜貨店店主，都是當時當地的真實人物。喬伊斯自己誇口說萬一都柏林從地球表面消失，可以依據他的小說把這個城市複製重建。但是這些只不過是添增了小說的趣味；《尤利西斯》的真正價值在於它的文學性：技巧的突破，文字的創新，人物心理活動捕捉之傳神準確，與及神話架構套用之靈活巧妙。即使像《尤利西斯》這樣精心嚴謹的創作，有人看出小說中照樣有時間地點不接榫的地方。例如書中的布盧姆和瑪莉恩何時初會，文本亦呈含混矛盾，不很確定。不過可能是作家故意放煙幕，不能說是蝦碌。魯迅的〈奔月〉裏面，史前神話中的后羿和嫦娥竟然吃烏鴉肉的炸醬麵，亦不算蝦碌；那是魯迅故意寫進去的，一來渲染主角的潦倒，二來製造詼諧效果。在《紅樓夢》裏面，冷子興演說榮國府之際，說元春生在大年初一，次年寶玉又出生，可見兩人只相差一歲，但是在第十八回卻又說元春寶玉二人名份雖屬姊弟，其情狀有如母子；那麼元春肯定比寶玉大得多。這個時間上的蝦碌，無損小說整體架構。

托爾斯泰的《安娜．卡列尼娜》裏面，施家三姊妹的道麗先被寫成大姊，後來又變成排行第二，可見大文豪的作品一樣會出現小蝦碌。小說中比較大的蝦碌出現在第二部第十五章裏面：列文和朋友打獵至天黑，跟着是一段詳細描繪星空的文字，其間說到銀色的金星在西方的樺樹背後閃射着柔和的光輝，而後來這下邊的金星就升到了樹枝的上頭。這真是一段漂亮的文字，只可惜在這裏托翁疏忽了一點：金星在西方應下落而非上升。但是《安娜·卡列尼娜》依然是一部現實主義的頂峰之作。

二〇一八年

小說中的字謎

：：：：：：

《紅樓夢》第一回裏面有一段描述是書題名的演變過程，先是空空道人看了石頭所記之後「自色悟空」，遂易名為情僧，改《石頭記》為《情僧錄》，至吳玉峰題曰《紅樓夢》。東魯孔梅溪則題曰《風月寶鑑》。後因曹雪芹於悼紅軒中披閱十載，增刪五次，纂成目錄，分出章回，則是題曰《金陵十二釵》。「於是有人就在吳玉峰及孔梅溪這兩個人名上頭做考證，有說吳玉峰即是畸笏，有說孔梅溪即是曹雪芹的弟弟棠村。但是我比較喜歡胡菊人在《紅樓水滸與小說藝術》中的說法：「孔梅溪或應該為恐沒稽或恐無稽，吳玉峰則為吾欲封。」換言之，曹雪芹不過是虛擬兩個名字出來去自佔地步，和回中前文的大荒山無稽崖屬於同一脈絡。作者寫的這段文字其實依然是小說的一部分；

這一點甲戌眉批早已說清楚了：「若云雪芹披閱增刪，然後開卷至此一篇楔子又係誰撰？足見作者之筆，狡猾之甚，後文如此處者不少。這正是作者用畫家煙雲模糊處，觀者萬不可被作者瞞弊（蔽）了去，方是巨眼。」即是說所謂吳玉峰孔梅溪，都是杜撰出來的，是作者故意放煙幕玩遊戲，切莫當真去浪費時間作徒然的考證。

忽然想起了這些，是因為最近得空重溫少年時候看過的英國小說《大衛．考勃菲爾》（*David Copperfield*）。狄更斯在這小說裏面也用人名來玩字謎。最明顯的是書中主角名字的縮寫 D. C. 正是狄更斯自己名字 Charles Dickens 縮寫的反照。更為耐人尋味的是書中第二章的一段插曲。話說小大衛．考勃菲爾這遺腹子當時大約八歲，居孀的母親遇上壞蛋牟士冬。牟士冬向她展開攻勢，為了討好她，帶了小大衛騎馬出外看朋友。朋友看見他帶來個男孩，便問牟士冬：「迷人精考勃菲爾太太的兒子？那個標致的小寡婦嗎？」牟士冬警告朋友說話小心點，有人很機靈呢。牟士冬指的當然是小大衛，但朋友問是誰，牟士冬故放煙幕順口胡謅了一個名字：「不過是雪菲爾那兒的布魯克司罷了。」（Only

Brooks of Sheffield.)

雖然說是順口胡謅，這名字也有點內裏文章。雪菲爾這英國城市以出產鋼質用品著名。小大衛後來回家還問母親是否認識這個雪菲爾的布魯克司先生，她便說那人可能是個製造刀叉的工廠老闆。蔡思果在他的譯本中有註釋：是英國刀劍製造商，此處指大衛伶俐如刀。說 Sheffield 是刀劍製造商，似稍有差誤。但是說牟士冬借用這個名字暗指小大衛伶俐，也可以算是一種演繹。當然牟士冬可以順着聯想的方向從 Copperfield 演化出 Sheffield。有趣的是在這小說出版之後，雪菲爾當地的一家名叫 William Brookes & Sons 的工廠寄了一套鋼製餐具給狄更斯，叫他大感意外，並在給廠家的致謝信中申明：「此事純屬巧合。我根本不知道冒犯了一家真的工廠。至於我為什麼用上了雪菲爾的布魯克斯，我自己也不知道。我只是隨意揮筆而就。」

這樣的巧合，倒又應了《紅樓夢》裏面太虛幻境的對聯：假作真時真亦假，無為有處有還無。

二〇一八年

荒涼山莊……

在沒有長篇電視劇的年代，狄更斯的分期連載小說給他的讀者提供了類似的追看情趣。當年《老古玩店》最後一集出版，航運紐約，他的粉絲湧到碼頭高聲追問書中女主人翁的下落：「小耐兒還活着嗎？」狄更斯的小說先有了故事大綱，然後一邊寫一邊出版，每月一集。他的《匹克威克傳》、《老古玩店》和《大衛·考勃菲爾》都是隨着主人翁的遊浪或成長而遇到了新的人物和事件，小說的結構彈性比較強，小說中先後出現的人物有時候可以毫無相干，各自為政。例如說，《大衛·考勃菲爾》裏面出現了一個女侏儒，是以真人為藍本的。狄更斯本來將她寫成一個反派角色，但是當事人看了連載小說，提出嚴重抗議，狄更斯只好用他的一支生花妙筆在下一集將她改寫成一個好人。這改寫對整個小說的情節發展沒有大影響。

《荒涼山莊》是狄更斯的第九部小說，緊接《大衛．考勃菲爾》，仍舊是分期連載，但是結構極為嚴謹，五十個人物分佈在書中的三個主題故事，卻又在三個主題之間往來穿插，互相牽動。小說分三線進展，第一線是一筆巨大的遺產官司案，拖了好幾代的人物，有些給弄得神經失常，甚至自殺。官司打到最後，所需要的費用把那筆遺產完全消耗殆盡，誰也沒有得到一分錢。這一條線的一個主要角色是艾絲瑟。這一條線正是以她的觀點描述推進。艾絲瑟是個身世未明的孤兒。她的生母是戴洛爵士夫人；她正是第二條線——懸疑愛情奇案——的主角。她年輕時曾和一名軍官發生私情，生下了女兒，只得給人領養。戴洛爵士的家族律師一直對戴洛夫人的過去充滿疑問，想盡辦法去揭露她的秘密，結果把戴洛夫人迫得無路可走，自殺身亡。但那律師自己也招致殺身之禍。第三條線描繪兒童的不幸，因為他們有自私瘋狂的父母，又或者因為他們是孤兒。其中的街童祖兒（Jo）正是一個社會邊緣人物，無父無母，一無所知，連自己的名字也寫不出來；以掃街為業，希望得到施捨。唯一善待他的是一位外號尼莫的法律文件抄寫員，而他正是戴洛夫人的舊情人，也就是艾絲瑟的生父，只是如今淪落得連房租也付不起。

祖兒這街童本是個微不足道的社會邊緣小人物；他身為「不幸兒童」這一條線中的一個角色，但是又同時牽動了小說中的其他兩條線。戴洛夫人後來要靠他方才找到了舊情人的墳墓，一方面戴洛爵士的家族律師也要威迫他去揭露戴洛夫人的醜事。因此可以證明，他在懸疑愛情奇案這條線上也發生了決定性推動的作用。祖兒後來被家族律師迫得要逃亡，結果去了荒涼山莊，投靠艾絲瑟。祖兒患了天花，傳染了艾絲瑟。這是遺產官司案這條線上面的一個重要情節。值得一提的是早年《荒涼山莊》改編為舞台劇，乾脆改劇名為《孤兒祖兒》。而且祖兒是有真人為本的。狄更斯塑做這人物的時候，參考了一八五〇年一篇訪問街童 George Ruby 的雜誌報道。

書中的賀丹斯（Hortense）既是戴洛夫人的女僕，又是法國人，更加是小說中的一個邊緣人物。這賀丹斯小姐性格剛烈狡滑，元氣充足。遭戴洛夫人辭退之後，受到家族律師的利用，去揭露戴洛夫人的私隱。後來又和律師反目，把他槍殺，並嫁禍戴洛夫人。最後導致她的死亡。狄更斯也參考了一八四九年一宗 Mrs. Manning 的謀殺案件去寫賀丹斯這個人物。

狄更斯的小說往往充滿傷感情調，故事情節分分鐘有變成肥皂劇的可能，但他的小說之所以能夠提升到文學名著的殿堂，除了是因為他的文筆陽剛壯麗，意象奇幻之外，還有緊湊綿密的故事肌理，人物情節，一環緊扣一環。還是 Nabokov 說得好：狄更斯的魔術就是能夠把幾個氣球同時拋上拋下，保持統一平衡，卻又不會讓氣球的繩子打結。

二〇一八年

英文死字怎樣寫

只記得江老師當年說他在海運看《瘋狂世界》（*It's a Mad, Mad, Mad, Mad World*, 1963），看到老頭兒在說出寶藏所在之後，兩腿一伸，把個鐵桶咚的一聲踢得老遠，不禁哈哈大笑。坐在他身旁的女士對他瞪眼，以為他發神經。其實「kick the bucket」很普通，可以譯為「對腳伸直咗」。「Bucket list」也就是一列死前未了心願的清單，或死前必須打點安排的事情。「Cross the Jordan」可以譯為「過奈何橋」；「cash the chips」（換籌碼）即係已經玩完，game over。香港玩電子遊戲的小朋友早已用來比喻死亡，可惜本家英語未見採用。「Push up daisies」即是長眠地下，變成大自然的養份，詩情畫意地可以譯為「去咗種菊東籬下」，就是恐怕很難叫人一下子意會過來。「Join the majority」

即是歸大隊；自有人類以來至今，死人肯定比活人多，故有此一說，比較幽默含蓄。「Dead as a dodo」我不好用，多少有點忌諱；「dead as a door-nail」英國大文豪狄更斯早已在《聖誕頌歌》裏面將之發揚光大。上海人說翹辮子，揚州人說家去了，即係返番舊時嗰度，彷彿那裏才是真正的家鄉。《紅樓夢》第十四回的上半回回目是「林如海捐館揚州城」；捐館即是離開住舍，即係釘蓋。楊憲益、戴乃迭夫婦簡單地譯成「Lin Ju-hai dies in Yangchow」；霍克斯譯為「Lin Ru-hai is conveyed to his last resting-place in Soochow」，比較能夠體會原文意思：生前的住舍只是暫時歇腳之所，死後捐館，方才去永遠安息之地。小學時代有老師問同學：「你爸爸呢？」同學說：「唔响度啦。」老師追問：「唔响度去咗邊度？」未免殘忍。廣東人又話拉柴。英文的「better wed than dead」，即係話無可奈何俾人拉咗去做老襯，（廣東人又話瓜老襯，揚州話呆瓜亦即是老襯。總而言之，死乃蠢事，可免則免。）可以譯為「拉柴不如拉天窗」。粵語的說法變化多端，抵死風趣，不必在此盡錄。之不過我都好想知道，「去咗賣鹹鴨蛋」英文點譯先至夠傳神？梁醒波在通俗粵曲中有一段道白:「唔好慌，唔好驚，跌落坑會病。一毫子買個鹹鴨蛋。」「蛋」的讀音和「病」押韻。

前總統老布殊的太太去世，電視台的大標題是「FORMER FIRST LADY BARBARA BUSH HAS DIED AT AGE 92」，我看着總覺得有點別扭；而同一電視台在麥凱恩議員去世時用的標題是「SEN. JOHN McCAIN DIES AT 81」，這才比較適合新聞報道之用。「He has died」即剛剛去世，在向親友報喪時才用。如果死訊已經超過三四天，再提便要改為過去式「He died at 82」，或者「He is dead」，但不好說「He is dead at 82」。「He is dead at 82」也適用於新鮮出爐的新聞死訊，但是過了三四天的死訊卻又不能將原來的句子改為過去式說「He was dead at 82」。人死了就是死了。死是一種恆久的狀態。提到了十年前逝世的父親，還是說「My father is dead」，或者「My father died ten years ago」，但絕不能說「My father was dead ten years ago」，因為這句話的含義彷彿是我的父親現在並沒有死。

二〇一八年

看戲學英文

中學時代的英文當然得力於江老師的指導，另外一方面也長時期不分晝夜地泡電影院，耳濡目染，還真的有所輔助。荷里活早年的電影編劇大多數都有舊文學根底；而著名的小說家如卡普特、福納克、費斯杰羅和史坦培克，都曾經在夢境工場裏面打過轉。在他們筆下的電影人物，偶然還會流露對語文運用的自覺性。像《金枝玉葉》（*Roman Holiday*, 1953）裏面的伯爵夫人預備向安妮公主讀出翌日的日程表，就說：「Now, my dear, if you don´t mind, tomorrow´s schedule(´sedju:l), or schedule (skedzu:l), whichever you prefer. Both are correct.」這裏伯爵夫人先後道出「schedule」的英式讀音及美式讀音（值得留意的是編劇 Dalton Trumbo 卻是美國人），而她「兩種讀音都正確」的結論，放在今天，依然中肯：Daniel Jones 的讀音字典只錄了英式讀音，頗有歧視美式讀音之嫌疑。

在《三鳳嬉春》（*Parrish*, 1961）裏面，煙草農莊的千金放假回家，不樂意父親請了個女管家去監視她，對女管家發難：「Shall we declare war, you and me?」女管家不甘示弱，即時更正她的文法，回道：「You and I.」英文文法裏面的主格賓格，體系嚴謹，錯亂不得。這裏的「you and I」是指「we」而言；「we」是主格，所以「you and I」從之。在《埃及妖后》（*Cleopatra*, 1963）裏面，卡佩妮亞和安東尼提到凱薩大帝，說：「We know him, you and I.」也是基於同樣的道理。

但是有時候文法的理路卻比較曲折，不能只看表面。像艾略脫的 *The Love Song of J. Alfred Prufrock* 裏面開頭的兩行，就引起了爭議：

Let us go then, you and I,
When the evening is spread out against the sky

有人說，這裏的「you and I」該是「you and me」，因為從「us」，屬賓格。有人辯稱冇所謂啦，詩人為了要和下一行的「sky」押韻，故意用「I」不用「me」。但其實這裏的「你和我」既不是主格亦不是賓格，根本不是用來說明「us」的含義，而是橫加進去句子裏面而獨立自處的呼格（vocative case）。艾略脫的「讓我們走吧，我和你，」就像說「讓我們走吧，朋友。」一樣；這裏的「朋友」就屬呼格，並非承接動詞「讓」的賓格。呼格可以放在句子的開頭，例如「伙記，慢打鑼。」也可以放在後面，例如「嚟啦，老友記。」艾略脫的呼格放在後面，引起錯覺，被誤認為賓格。

如今即使是以英語作為母語的人士，賓格主格都用到亂晒大籠。偶然在電視也聽到過「between you and I」這樣的片語。老一輩的都知道用「my wife and I」這樣的主格，但我從前年輕一輩的同事幾乎清一色開口便是「me and my wife, me and David」。為了不要給人標奇立異的誤會，自己在交談之際也只好從俗，在正確文法和慣用語之間作一選擇。不過正式書寫用到主格，還是堅持用「my wife and I.」或「my friend and I.」。從前學英文，老師教落，回答「Who is it?」要說「It is I.」。如今睬你都傻。一個個的脫口而出：「It's me.」不論賓主，只說「me too」，不見「I too」。

二〇一八年

方言的孤立與歧視

⋮

關公果然能說廣東話，只要去聽聽靚次伯的《關公送嫂》便知道此言不虛，耐人尋味的是裏面沒有半句官話。反觀《蝶影紅梨記》裏頭，同樣是靚次伯飾演的相爺，動不動便亮出官話，左一句罷了，右一句退下；在威迫出身青樓的馮飛燕就範，相爺和劉學長亦是官腔來去：「她她她怎樣呀？」「稟告相爺，她依從了。」這些都是古腔粵劇的遺風，能保存至今當然有他的原因。阮兆輝說：「因為廣東話太平，太倔，『倒』不起來，沒有氣勢和旋律感。」這番話倒能局部解釋粵劇裏頭官話的戲劇功效。關公和嫂嫂說話不用擺架子，因此不說官話，但是相爺的淫威和派頭，就得借助官腔來略為渲染，以收其畫龍點睛之效。但是阮兆輝這番話雖然坦率，卻始終有方言歧視之嫌，縱使歧視的是自己的方言。我們不能用任何籠統的形容去概括任何方言或語言。有一次我和思果說：「外人都說咱們揚州話粗聲大氣的，太難聽了。」思果回道：「這是瞎說。他們應該去聽聽女孩兒家唱的揚州小調是多麼的溫柔細膩。」「淑女講法文，雀仔講意文，馬匹講德文，紳士講英文。」口出此狂言者，自是非英國人莫屬。

內地在一九四九年便開始將各種地方戲曲規範化，不容許粵曲內出現官話。此舉驟眼看來似乎是維護粵曲的語言純粹，其實卻損害了民間藝術的活潑生命力和多樣化。任何外來的規範對藝術都沒有好處。沒錯，每種藝術都有它自己自然演化出來的一套規範形式，但是該由從事藝術創作的人自己解決決定。不容粵曲有官話，不是方言歧視，卻是一種狹隘的方言孤立主義，正如特朗普的民族孤立主義，強烈排他，唯我獨尊。只有倒流逆施防礙了整個地球村的大趨勢而已。

前一陣子也流行過維護中文清通純淨的學說。學會寫通順而骨骼肯定肌理分明的中文是必須的，但是一旦掌握了這個基本功夫，而能夠在這上面天馬行空自由創作而不至於失手，就是你的本事。在從前，學生在作文裏頭用了廣東話會遭老師指責的，有的甚至規定要用「巧克力」，不用「朱古力」，要寫「冰淇淋」，不得用「雪糕」。所謂純淨的語言只是神話；只有死語文如拉丁文，才會清純。（老一輩的人又的確認為學拉丁文能幫助打好英文文法的基礎。）只要是活的語言，一定會隨環境而變化生長，伸展出新的枝葉。但同時也應該有一班有識之士在旁觀察，提出意見，保持平衡，免得語言陷入了無政府狀態。

俄國文豪托爾斯泰寫《戰爭與和平》用了法文去表現貴族的語言習慣，反映的是真實的歷史。張愛玲偶然會有英式句子出現在她的小說裏面，胡蘭成和魯迅會用上了日本味道的詞彙和句子；這些反成了他們的特色。從前美國的雙語教育指明上課時可以用英語或學生的母語，但是不宜兩種語文同時一起用，以免引起學生的混亂和誤解。現在又改過來了，要老師在上課時隨意在兩種語言之間穿梭，隨機應變，作為學生的示範，讓他們他日踏足社會能適應多元語言的真實世界。

二〇一八年

三

飲食隨筆

君子遠庖廚

：：：：：

竹久夢二，這被稱為「追尋夢與愛的抒情日本畫家」，曾經畫過一幅《兩年過後》，畫的是穿和服的主婦愁眉深鎖地蹲在火爐面前做菜；圖畫下面有題字曰：她淒然一笑：「別看我這樣，過去也曾念詩來着！」一切的憂鬱只是來自思想的謬誤。這日本主婦的思想岔子出在把詩從日常生活中抽離了。而其實詩即是生活，生活即是詩。做菜做得好，也是一場功德，和做詩並無二致。英文的 poem，源自希臘文，本意就是「做出來的一件東西」。一道蜜汁火方，一張花梨木椅，只要做得好，可以和莎老威的十四行詩平起平坐。英國作家維珍尼亞・和爾芙（Virginia Woolf, 1882-1941）和丈夫鬧彆扭，要離家出走。丈夫苦勸道：「家中廚子的飯菜做好了，你有義務回去吃。」維珍尼亞・和爾芙截釘截鐵地回道：「天下間沒有這樣的義務。」後來她在日記中也曾記述在市場看見主婦一本正經，神態嚴肅地揀菜，頗為反感。這裏面其實是極為微妙和複雜的心理活動：她自己身為才華橫溢的藍襪子，看到同行（張愛玲說過所有的女子都是同行）竟然可以那樣樂意地幹另一種營生，一方面是輕視，一方面也有妒忌。主婦的世界她不屑一顧，但也知道自己沒有資格參與。

錢穆在〈談詩〉裏面說：「故中國人學文學，實即是學做人一條徑直的大道。」那是「正因文學是人生最親切的東西，而中國文學又是最真實的人生寫照，所以學詩就成為學做人的一條徑直大道了。」說到最後，錢穆的意思是：詩自己寫不寫無所謂；別人寫了自己可以欣賞也一樣開心：「當知做學問最高境界，也只像聽人唱戲，能欣賞即夠，不想自己亦登台出風頭。」看到像李白和杜甫的詩已經有人寫了出來，已經心滿意足，並不執着一定要自己寫；這也就是詩人的胸襟了。能夠在窗明几淨的書房靜坐構思寫抒情小品固然好，必要時在油煙瀰漫的廚房炒菜也照樣神態自若，安之若素。我想「君子無入而不自得」就是這個意思。

古今中外的賢士聖哲皆輕視廚藝。柏拉圖把廚藝列為最下等的營生，因為廚藝只滿足了肉身的需求，而不像哲學那樣能滿足靈性和精神方面的渴望。殊不知肉身疲累，靈魂也愉快不了。鄙視廚子麼？那乾脆不吃廚子調理出來的飯菜我就無話可說。孟子的「君子遠庖廚」看了老是叫我頭痛，因為裏面流露出來的思想實在太混亂。宣王有一次看見有人牽了牛去祭鐘。宣王看見牛發抖害怕的樣子，於心不忍，便命人把牛放了，以羊代替。孟子也不糊塗，問宣王：「以羊代牛，有何分別？」因為終歸還是殺生。宣王說自己也說不出一個道理來；反而孟子道：「大王心地仁慈。見其生不忍見其死，聞其聲不忍食其肉，是以君子遠庖廚也。」這卻又混淆了。宣王並非真正仁慈，他真正關注的只是他自己的主觀感受。因為他看見了活的牛，聽到了牛的叫聲，才不忍看牠被殺。那羊他卻不管了，只因為他沒有親眼看見。其實那羊也是一樣的悲慘。所以君子遠庖廚，不過是逃避現實罷了。就像有些軟心腸的女士不敢前往屠場看殺生，但是雞湯肉粥她們照吃無誤。

齊瓦哥醫生喜歡寫詩，卻並不以此為正業。他的正業是行醫濟世。亦舒說過：「如果可能的話，我願意用《紅樓夢》和日本人交換，好讓全中國的人民都可以享用抽水馬桶的方便。讓日本人說《紅樓夢》是Q太郎寫的好了。」齊瓦哥和亦舒都是以一種比較平實的眼光去看詩與文學，只給它一個應得的位置：介乎廁所和診所之間。精神的愉快在乎思想的平衡。有精神病的婦人看見別的婦女非常投入地在麵包店揀選麵包，妒忌之情油然而生；她已經開始康復了。

二〇一三年

廚房天使⋯⋯

法國聖女德肋撒在被冊封為聖品之前，她的二姊保蓮曾作見證，並在見證中述說了一件奇事（保蓮和另外兩個姊妹，都和德肋撒在同一聖衣修道院中共同修行）。這奇事發生在修道院的廚房裏面。尚．瑪利是還未發願的修女，做事勤奮，從不抱怨，並以剛去世的德肋撒為模範。一天尚．瑪利正已經幹活幹得筋疲力盡，剛巧當廚子的瑪莉抹達蘭修女前來叫她幫忙清洗廚房的熱水器，並將之注滿清水。那是個六十五公升的熱水器。尚．瑪利修女一言不發，只暗中向德肋撒作了一簡短禱告，便和抹達蘭修女齊手清洗熱水器。抹達蘭修女從隔壁的抽水機，把一隻十六公升的罐打滿了水；尚．瑪利修女接了過來，捧至廚房，把水注入熱水器，然後再去打水。但她捧着第二罐水回廚房的時候，發現熱水器已經滿了。她去告訴抹達蘭修女，而抹達蘭修女也親自看見。

通常我對這一類的奇蹟都採取懷疑態度，而聖德肋撒也一生腳踏實地，克勤克儉地修行，並不企望妄想有奇蹟發生去減免自己的辛勞和痛苦。但我對這一宗奇事有點喜歡。德肋撒的二姊保蓮性情平實，凡事實錄。例如說，她這樣描述親妹的遺體：「到了十月三日的星期日晚上，已有一些腐爛的迹象，於是封上了棺木。」輕淡的一句，不帶感情。另一位天使聖心瑪利修女在作見證時也有提及這熱水器的奇事。二姊保蓮用極樸素的文字轉述此事，有條不紊，沒有大驚小怪。這宗奇事有一種寧靜的意味，水就這樣不知不覺，悄悄地滿了。但工作總得有個施動者去完成。既然不是尚．瑪利修女，又不是抹達蘭修女，那敢情是聖德肋撒親自下凡，助一臂之力，又或者是——天使？

一般人心目中的天使，想是體態靈巧輕盈，飛天遁地在一彈指之間，又或者仙棒一揮，諸事大吉，再簡單快捷也沒有了。幸而大詩人、大畫家的想法卻有點不同。英國詩人米爾敦（Milton）的史詩《失樂園》（*Paradise Lost*, 1674）裏面的天使，實牙實齒，既會進食，也得排泄，真是有進有出，服從物理世界的定律，一點也不含糊，英國前拉菲爾派的畫家阿瑟．休斯（Arthur Hughes）畫《基督誕生》（*The Nativity*），畫的左邊有紫袍天使跪着，右手高舉黑鐵十字框的提燈，照着剛誕生的聖嬰，左手托着提燈的底部，頭側向一邊，彷彿覺着吃力。哪裏有不勞而動的道理？一分耕耘，一分收穫，絲毫不爽。有些工作好像是自動完成了，那只是因為操作的過程隱而不見而已。但丁《神曲》裏面的天使應命探訪地獄，用手在自己的臉前微微揮動，只因為地獄的氣味惡臭難當，我看了只覺着那難得的實在，那麼有血有肉的一個天使，甚是可親，我們凡夫俗子所要面對的困難，天使亦同樣要分擔，只有這樣，他們才真正了解我們的處境，才幫得了我們的忙；必要的時候，甚至親自下廚。

不信的話，請看看西班牙畫家牟利羅（Bartolomé Esteban Murillo, 1617-1682）所畫的一幅《天使廚房》（一六四六年）。牟利羅曾替西班牙的方濟各修道院畫了一系列十三幅的宗教畫，以奇蹟行善和聖人修行之時入定極樂為題材。而《天使廚房》則把極樂和奇蹟兩個題材一爐共冶，含義發人深省。畫的左邊是一位處於神魂超拔狀態中的僧侶，騰升於半空之中，舉目朝天，不見凡塵俗務，畫中央是兩名身材豐壯高大的天使，其中一名手提陶罐，似是在商量煮飯做菜的事宜。畫的右邊是個熱鬧的廚房；廚房中五位天使，三大兩小，卻都是手瓜起腒，大髀矯健的勞動將軍。一個在攪拌湯鍋，一個在鋪陳碗碟，一個在春磨香草。連兩位小天使也坐在籃子旁邊，全神貫注地忙着幹活，好使修道院的晚餐有個着落，只因為負責的廚子入定騰升去了。圖的右下角是個大銅鍋，沉重地倒向一邊，顯示了一個為地心吸力所操縱着的物理世界。這不端不正的銅鍋，剛好和左邊那位離地騰升的僧侶作出了微妙而略帶諷刺的對比。

《路加福音》第十章裏面，瑪爾大把耶穌接到家中，她的妹妹瑪利亞坐在耶穌的腳前聽他講話。瑪爾大為伺候耶穌而忙個不休，便要瑪利亞幫她的忙，耶穌卻回答：「瑪爾大，瑪爾大，你為了好多事操心忙碌，而其實需要的唯有一件。瑪利亞選擇了更好的一份，是不能從她奪去的。」

耶穌連聲地叫她瑪爾大，那裏面有無限的憐愛與溫柔，耶穌雖然稱許瑪利亞的選擇，卻並沒有真的否定瑪爾大的辛勞。精神上的靜修和體力上的勞動，其實是相輔相成，缺一不可的。只顧沉思祈禱，會流於空泛，純是勞動，又沒有了目標方向，淪為徒勞無功的營營役役。聖女德肋撒自己便選擇瑪利亞的位置，靜坐基督腳前：「連最熱誠的基督徒，那些神父們，也認為我們太極端，認為我們應該以瑪爾大的方式去侍奉，而不該用我們生命之容器盛着香料去獻給上主，即使這些容器是破裂的又怎樣？因為耶穌已經受到安慰，而這香料也能淨化這俗世的污濁空氣。」話雖如此，聖德肋撒在修院中卻專揀別人不願做的工作來做，並且說她的靈光往往在她洗衣或廚房幹粗活之際閃現。

《天使廚房》的訊息也不過是：瑪利亞和瑪爾大，是一個靈魂的兩面罷了。

二〇〇八年

乞丐神仙

：：：：

忠忠直直，終歸乞食。可見在從前，行乞的主要目的無非是為了餬口；沿門托缽，所求的亦不外是謙卑異常的落盤菜和搖壺酒。誰想後現代的社會徹底把這句老話推翻。一來是如今的乞丐千變萬化如同童話中的天使，甚至搖身幻化成隱身的網民，巧立名目，各出其謀，一點也不見忠直，而行乞的目的各有不同，有時是為了交學費，有時是為了添置新電腦，又或者是需要一筆錢和女朋友前往尼泊爾旅行，重修舊好。無論如何不是乞求一頓冷飯菜汁。

我是在大年三十出生的。媽媽一直說：「這一天出生的小孩長大了要要飯的。」因此對乞丐有親切感；彷彿一個不提防，便看見自己身邊放着一個陶碗，盤膝而坐梧桐樹下。我也並非不知道，這樣的一幅心眼行乞圖是多麼無可救藥的浪漫和過時。旁的不論，早在三十年前，乞丐已經很時髦了；有的衣着光鮮，儀容整潔，行乞起來滔滔一篇演詞，有紋有路，很可以成為乞丐工會的主席。也曾見過乞丐前往街坊小食店買叉燒飯盒，不禁嘆道：「如今乞丐也很講究飯食了。」女兒大不以為然，在旁說：「何必說這樣的話呢？」可不是，在紐約市也照樣看見乞丐在快餐店排隊，選購巧克力炸油圈餅。看來乞丐的味蕾和識飲識食的大富豪並無二致。又一次我前往聽一個但丁《神曲》的講座，事前預備了一份三文治放在書包。在乘地鐵的途中遇上乞丐討食，我便順手把三文治交給他。他向我睞眼道：「這份三文治這麼大，我哪裏吃得下？」幽默若此，我亦一笑置之。

乞丐有乞丐的風格；乞丐有乞丐的尊嚴。施捨之時切勿忘記帶着微笑，並且心懷感激。因為其實是他成全了你：施比受更有福。

陳師曾畫過三幅乞食圖，三個乞丐風格各有不同。有瞎子牽狗討食，由狗叼着砵子。有乞丐用直木作枕，奇甚。畫家又自按「此畫未妥請改正」，可謂隨意到了極點。一派自得的風神。想來這乞丐是奇人異士，又說不定是神仙的化身。另一幅藏身於一張大蓆之下的乞丐圖倒叫我想起了《聊齋誌異》裏的〈丐僧〉。濟南有一僧人，出沒於芙蓉、明湖諸館，誦經抄募，但奇怪的是人給他酒食錢銀，他都不受。問他要什麼，他又不答。從未見他吃飯，有人勸他，他便罵人。後來見他臥在道旁，三天不動。途人怕他餓死，又勸他進食，他竟然用短刀自剖其腹，並用手理腸，隨而氣絕。眾人大驚，用草蓆捲起葬之。幾天之後有犬把墓穴破開，看見了草蓆，但草蓆之內空空如也，彷彿是一個空繭。

這丐僧的故事很是有趣，因為是一個不討吃的乞丐；死後又不見屍首，莫非又是神仙所幻化？他剖腹探手入內整理腸胃，亦甚詭異。《聊齋》故事往往有新聞報道性的即臨筆觸，歷歷如在目前。《聊齋》裏面還有一個丐仙，那就是真的了。出身世家大族的高玉成把腿上長了爛瘡的乞丐接了回家，用酒肉湯餅招待。慢慢的乞丐的爛瘡好了，要向高玉成告辭。臨行在花園回報高玉成，大展幻術。但見有朝陽丹鳳銜來玉盤香茶，又有青鸞鶴銜來瑪瑙美酒，又有蝴蝶化作美人起舞助興。乞丐臨行之前還教高玉成躲到山中避過大難。

我們施捨乞丐心中未必存有這樣的奇遇回報。不過我一直記得聖保羅在《希伯來書》中對信徒的勸告：「不要忘了款待旅客，曾有人因此於不知不自覺中款待了天使。」乞丐自然也是旅客。我們都是。

二〇一二年

吃的文明⋯⋯

名門望族或大富之家，即使吃一頓家常晚飯也要講究禮儀排場。各各換上整齊服裝列序而坐，菜式由僕人一樣樣地端上來。菜式與菜式之間還有果凍過口，為的是要把上一道菜式的氣味消除，替舌頭洗澡，好把跟着而來的下一道菜式的味道嘗得更真切深入。

如果有條件有時間，他們一定要這樣吃飯也無所謂。不過細想起來這樣精緻的生活並非平白得來，背後曲曲折折的有許多迫害和剝削支撐着。十九世紀英國紳士淑女下午茶裏面的那兩三匙白砂糖由無數奴隸的血汗淚水所化成。許多年前我和愛爾蘭的瑪莉聊天：「我最嚮往的便是珍．奧斯汀筆下的鄉紳生活。」瑪莉笑曰：「哦？殘害我的祖先而自肥者，正是他們。」

他們要高貴自己去高貴，他們要講究自己去講究。自己享受便好了，背後的種種政治因素且莫論他，但起碼不要以此來表示自己高人一等，威嚇庶民百姓。我們吃我們的，平常上班的午飯也不過是街坊小館的一碟燒味飯，一碗霸王花豬骨湯，照樣吃得暢快怡神，可口樂胃。你有你的架勢，我有我的風神。

一次赴宴，吃的是西餐，刀叉兩邊順序排列，不知怎的我用錯了餐具，侍應走來把錯用的餐具連同那該用而還沒有用的刀子一併要拿走，我連忙阻止。論理，是我先失禮。但侍應態度也欠佳，嘖嘖有聲地走來就要示威。我曾在日本館子吃海藻豆醬湯，問侍應要匙羹，侍應笑曰：「日本人吃湯一般不用匙羹，要是你一定要的話，我去替你找一隻來。」這倒叫我無話可回，立即從善如流，捧起碗來便骨嘟骨嘟地喝將起來。這樣喝湯果然倒也乾淨俐落，方便省事，起碼沒有像洋人那般，拿着個匙羹把盤中的湯舀起，再把匙羹往前面兜一個圈，再送入口中，真正是捨近圖遠，諸般作態。

元代四大畫家之一的倪雲林，出身富裕家庭，講究飲食。雲林於惠山中自製「清泉白石茶」，用核桃、松子肉和真粉製成小白石塊狀，和茶一起飲用。宋宗室趙行恕慕名前往拜訪，雲林歡喜，便命童子供清泉白石茶，趙氏連啜數口，毫無反應，雲林大怒罵曰：「我看你是王孫，才拿這清泉白石茶來敬你，原來你只是一個庸俗之徒。」從此絕交。雲林前半生悠閒度過，後來卻突散其家產給親朋舊友，自己混跡於漁父野叟之中。看來這個人是有點作為的，卻不知道為什麼在這區區清泉白石茶上頭失去了風度，顯出了小器。你敬重他是出自你的誠意，他能否體會是他的事。何必點破？竟而至要罵人，可見看重的不是別人，是自己。人不知而不慍，不亦君子乎？我們自己講究飲食，是為了自己的享受舒適，我們和朋友分享講究飲食是為了歡喜。如果因此而生氣，還不如不講究的好。

西西的《看房子》（二〇〇八年）裏有一篇〈黃飯廳、藍書房〉，裏面描述法國印象派畫家莫奈（Claude Monet）的黃色飯廳，專用來款待他的藝術家朋友，如雷諾亞、馬拉美、梵樂希、羅丹、塞尚等。「據說，塞尚的餐桌禮儀『欠佳』。用麵包抹淨湯碗，把刀放入口，用手指取食，等等。這正是農家本色。」簡潔流麗，我地取材。

在俄國文豪托爾斯泰的長篇小說《安娜．卡列尼娜》裏面，鄉間的列文前往莫斯科探望朋友奧畢朗斯基，在飯館吃牡蠣談天。列文說：「在鄉下我們努力用雙手做事。因此我們剪指甲捲袖子。在城裏人們故意把指甲留長，掛着小碟子那樣的袖釦，使得一雙手什麼也做不了。」

奧畢朗斯基回道：「這是他們不用做粗事的一個記號。他們有腦子工作。」

「但我覺得奇怪。我們鄉下人盡快吃飯，好去做事。我們在這裏卻故意放長時間吃飯。」

「不待說的呀，這正是文化的目的：在一切中獲得樂趣。」

「哦，假如這是目的，我寧願是野蠻的。」

我自己也時常徘徊於文明與野蠻之間。例如說，有一次我就教於吾友依莎貝，問她意大利粉的正確吃法，是否先用叉子把麵條捲成一團，方放入口中。依莎貝怡然笑曰：「但凡能把食物送到口中的吃法都是對的。」

因此有時候興之所至，我右手漢堡，左手汽水，席地而坐，馬馬虎虎地就這樣解決了一頓。

二〇〇九年

學者家常菜⋯⋯

我是看《中國收藏》雜誌才知道王世襄已經在十一月二十八日去世，享年九十五歲。人稱「京城第一玩家」的王世襄，是學者、收藏家、文學鑒賞家，對美術、竹刻、明式家具、鴿子，都有非常深刻精到的研究。而且他對於飲食，也是另有一功，莫道君子遠庖廚，中國的傳統文人，自蘇東坡至張愛玲，都毫不諱言對飲食甚有興趣和研究，正是飲食男女，人之大欲存焉。

像王世襄，對人世間一切藝術玩意可謂玩到了家，品味華麗到快要融解，然而卻又樸素到了極點。你看他家常衣服，十分之隨便，但真正的貴氣卻全在自然流露，看上去簡直平民化到極點，然而卻是真正的貴族。

王世襄在參加了全國烹飪名師技術表演鑒定會之後，作出如下結論：

「……但我們一定會意識到各地的家庭主婦、城鎮老饕，能口傳妙譜，手製嘉餚的大有人在。我們應當效法醫藥界在研究整理官方、局方的同時，還要發掘、採訪、搜集民間的偏方、驗方。」他這種「走回民間」的飲食精神，其實是和他的藝術理論共通的。王世襄自己的廚師朋友就很多，往往是在菜市場結識的。大家見面便切磋技術，交換心得。由於王世襄的表現謙和，有很多廚師就以為他是飲食界的一位老前輩，而沒有察覺他原來是位大學者。

王世襄的飲食論，也非常的質樸無華：「我國菜餚，講究色、食、味、形、器，五者都很重要，但其間仍有主次。最重要的還是味。色、香與味本有密切聯繫。一般來說，味如果好，色、香也不會差。色敗香消，又安得有佳味！……總之菜餚供人食用，是舌根鼻觀美的享受，故自應以味當先。」

在《從冷碟的爭論說起》他更大大地批評了那些「這樣切，那樣削，細細雕，慢慢控，如此擺，那般推」的藝術拼盤。「實際上這是違背了菜餚主要是為吃而不是為看這一最基本的原則。」

在〈老舍先生吃過我做的菜〉一文中，王世襄提及一道蝦仁吐司，做法是把無糖白麵包先切掉邊，改成四方小塊，上面堆上蝦泥。把蝦仁斬成泥，調入雞蛋清、玉米粉，再加入葱、薑，又在上面貼一片香菜葉，放入油中炸透便成，這種蝦仁吐司（toast）我看了覺得很是親切，因為我小時候經常在餐室買來吃，叫蝦多士。

在〈答汪曾祺先生〉一文之中，王世襄列出了七道家常小菜，其中有「釀柿子椒」和「海米燒大葱」。

「釀柿子椒」值得一提是因為王世襄用了個「釀」字。有些人認為「釀」，不是正字，改用「鑲」。我一直認為「鑲」的金字邊多少有點影響食慾，還不如用「釀」的好。王世襄的「海米燒大葱」非常出名，用料卻家常之極。海米即是蝦米。先用黃酒把蝦米洗浸。大葱十棵，剝去外層，切成二寸多長段，只取葱白。用細火素油把葱段炸透，待葱段轉黃而呈柔軟，夾出碼入盤中，倒入泡有海米的黃酒，燒至收湯入味。如此燒成的葱段香甜可口。

王世襄說「據說淵源於淮揚菜，未知確否。」據我所知，淮揚菜多有用葱煸的，其中有「開洋扒蒲菜」，用的也是蝦米。

更有趣的是王世襄又說：「個人的經驗是如請香港朋友吃，海米須改為干貝。因為香港海味太豐饒，海米被認為不堪下箸之物，難免一個個拋來剩在碟中。」他說的也是實情。

二〇一〇年

著書都為稻粱謀 ……………

「書中自有顏如玉，書中自有黃金屋，書中重有豬肉粥。」這是小時候看粵語片聽來的一句對白，好像是鄧寄塵說的。到了我這個年紀，對顏如玉的興趣轉淡，住黃金屋自知再無可能，只有這豬肉粥尚還聽得入耳。不過是家常風味，所費不高，富於營養，可以充飢，兼且味美，似是中平合理之讀書目的。

小朋友在作文中說要好好的唸書，為的是長大了能找到優差，過豐足美好的生活。這真是至情至性的說話，比那說「長大了要做清道伕為人民服務」的要老實得多了。平生最怕看滿口仁義道德國家民族的文章，所以看到了國學家張中行的自傳《流年碎影》，份外覺得舒暢愉快。那麼質樸無華的文字，平淡自然中流露了真性情。大學者的家常話，書中一再出現的命題是生計、飢餓、糧食，描畫升斗市民如何在歷史的風暴中苦苦存活，而他在書中喜愛引用龔定盦〈咏史〉詩的「著書都為稻粱謀」。很多年前我就天真地說過我寫稿是為了換一點稿費，卻原來很早就有人說得比我更為清朗。

寫這點子雞零狗碎的稿當然絕對說不上是著書，倒也還能換得茶資飯錢，或足夠我去購置一套上海人民美術出版社的中國經典畫本珍藏系列《三國演義》。也有教科書出版社要我的稿，說稿費或鳴謝，任擇其一。我的康州小朋友知道了之後陰陰嘴笑道：「可否兩樣都要呢？」當時我一念之差，竟選擇了稿酬一百美元，後悔到如今。以後再有教科書出版社來要稿，就乾脆雙手奉上，雖然未能換得清譽，倒也覺得爽快。不是我今天在說大話，一百美元還不夠我買藏 Arthur Rackham 繪圖本《格林童話》的那個盒子呢。想當年張愛玲早已紅遍兩岸三地，然而在她寫給弟弟的家書中卻報出了「有人說我發了財，有人說我赤貧，而其實我勉強夠過」的實況；最後四字似是觸目凄涼，而其間倒也一派心平氣和。學成文武藝，賣與帝王家，然而她說讀者是最可愛的僱主，結果也只能如此。

俄國一代大文豪，《戰爭與和平》的作者托爾斯泰晚年為了放棄自己作品的版稅權而和妻子弄得頗不愉快，而且感嘆道：「那我和妓女又有什麼分別呢？不過我賣的是思想吧了。」大文豪情操不同凡品，可以有此一嘆，我輩則不必。而國學大師張中行似乎也並無托翁之煩惱，只是平實道來著書寫作之生計，如何為葉聖陶整理文稿而得八百元，在他眼中竟是天文數字，因為他每月的工資實得一百二十五點五元。他在書中又說：「困難過去了，但有時回顧，就不免有些感慨。這是想到為衣食，為養育孩子而寫自己本不想寫的，終於不能不感到心酸。如前面所說，我不通語法，對這門學問也沒什麼興趣，可是為了活，就耗費了不少時間和精力。而所得呢？一些鈔票，早已化為空無；文，零篇的，也殆等於化為空無，成書的，是連自己也不想看了。」

文中提到的「為了活」，可是張中行書中的一大主題。如果沒有宗教信仰，只有今生，不望來世，那麼老老實實地就好好地活這麼一遭：「人，進可以東山吟咏，以天下為己任，或退，茅蓬數息，求此生離苦海；但走向街頭看大眾，兼透過外皮看內心，就可以領悟，天字第一號的大事是要能活。」「有了生，要活。」「……而且助以人生之道的理論，是保命第一，要捨得花錢。」

著書百卷，閱歷一生，所得結論和一般販夫走卒並無二致，如無真性情，決不肯出此言。「我是常人，無理由相信死比生好……」

「我是常人，無大志，一怕苦，二怕死……」張中行上有老母，下有妻兒，為了一家的生計頗為吃力，單母親的食用就花費不少。「我的母親於一九六三年作古之後，生活有了喘口氣的餘裕，也就有了算賬的閒情。」輕描淡寫的一句話似是毫無心肝親情，卻是直見性命的肺腑之言。

經歷了大躍進和文革的歷史風暴，張中行所得的結論若此：「想不到能夠活到八十年代。生死有命，一也。幾十年來，人為的動蕩斷斷續續，今日不知明日將如何，二也。但是究竟已經活過來，本之《顏氏家訓．涉務》（今日務實）的精神，應該多想『現在當下』，比如鯉魚增產，街頭的售價降了，就不失時機，買一條，紅燒，佐以白酒一兩，之後，腹充充然，心飄飄然，倚枕睡一大覺……」

我這就立即下廚弄了一客清蛋奄列，自家招呼自家。

二〇一〇年

飯桌與戰爭

……

《論語》近年來又再在這經濟掛帥的社會大行其道，只因為儒術這門子行當，只要略為調整，便成為最佳公關指南、營業管理。儒家的仁義道德並非終極的宗教情懷，而只是替治國平天下這一本生意經披上比較人性的包裝。儒家心目中的人，只存在於五倫關係之中，已具備了衣食住行的基本條件，所以儒家特別注重「禮」。無親無故的乞丐，或其他被擯棄於社會邊緣的人物，無禮可言，因為沒有必要。既無施禮的對象，更不會成為受禮的目標。

禮教，也不外是統治階層用以馴服民眾的政治手段。父子君臣、忠孝仁義，歸根究底一句話：「我係老細，你唔係；我講話，你要聽。」話是一句話，實行起來卻是厚厚的一本《禮記》，教你如何分上下尊卑、如何進食，如何祭祀，一絲一毫也錯不得。愈是嚴格細緻，管治愈是有效。因為這禮並非單純地存在，背後依然靠暴力去支撐，失禮之人，輕則動用家法打屁股，重則施予極刑砍頭顱。

人與人之間要講禮，國與國之間也要講禮。若然敵國橫蠻無理，儒家是不會忍讓的。到了最後，還是站出來決一死戰，有你冇我。章太炎在孔子誕辰紀念會上曾演說道：「具體的政治，《論語》不講，《論語》單講抽象的政治，道德齊禮，古今無異……」為什麼？因為抽象的政治道德可以避去了現實中的矛盾細節。講禮如果要講得具體徹底，最後還是演變成暴力。

《論語．衛靈公第十五》：「衛靈公問陳於孔子，孔子對曰：『俎豆之事，則嘗聞之矣；軍旅之事，未之學也。』」

說的是衛國之君衛靈公向孔子請教軍事方面的事情，孔子回道：「祭祀之禮，我倒略知一二，至於練兵擺陣的事，我卻沒有學過。」

俎豆之事，指的就是祭祀之禮。俎，是几桌形狀的案板，有木製的，也有銅鑄的，祭祀的時候用來放犧牲牛、羊、豬；宴飲時則把熟肉鋪陳其上，方便切割。豆是古代盛食的器具，淺腹大口長柄，有蓋，有木製、竹製，或銅鑄。豆也是祭祀和飲宴時必備之器。一豆就是一式小菜。《禮記・禮器》中說：「上大夫八豆，下大夫六豆。」那是根據身份地位而決定菜餚的多少。《禮記・鄉飲酒義》說：「六十者三豆，七十者四豆，八十者五豆，九十者六豆。」愈是高齡，得菜愈多。就是沒有考慮九十老翁能否嚼得動六款菜式。豆均為禮食之器，也就被引申為祭祀禮儀。

衛靈公是無道之君，孔子自然不願意和他打交道，這才借「我只會祭祀禮儀，不懂戰爭」的遁詞來迴避。劉氏的《論語正義》解釋曰：「昔衛靈公問陳（按陳即陣，軍事也），孔子言俎豆，賤兵而重禮也。」即是說，孔子認為做一國之君，應該輕視軍事而重視禮儀，因此避而不答衛靈公之問。

關於此段，邢昺的《論語注疏》卻說得最透澈：「此章記孔子先禮後兵之事也……非輕兵甲也。」孔子並非真的不懂軍事用兵，只是把兵權隱藏在「禮」之中。你別看儒家謙謙君子，其實是「寓兵於禮」。他的禮儀就是政治，就是軍事。君子先動口，後動手。

儒家的禮裏面已經有暴力。俎和豆，都是祭祀飽食的器具。俎是擺肉的案板，也是切肉用的砧板。刀俎魚肉，也就是砧板上的肉，任人宰割。禮祭之器，忽然之間就化成暴力工具了。

《韓詩外傳》第八卷記載了這樣一件事：強大的晉國企圖侵犯齊國，就派范昭去探齊國的政局。范昭一到齊國，就擺大國使者的威風。在景公招待的宴席上，故意要用景公的酒杯，被晏子阻止，范昭繼而要提出要「成周」伴舞，成周，乃天子之樂，因此太師亦拒絕了范昭的要求，范昭知趣而退，知齊國不可侵犯也。孔子知道了這件事，便說：「善乎！晏子不出俎豆之間，折沖千里。」即是說，晏子的本事真大，在飽宴禮儀之中，便打退了敵人。談笑用兵，正是儒家本色。

《禮記》卷二十三「禮器」裏面，孔子曰：「我戰則克，祭則受福，蓋得其道矣。」這裏的「我」，是指「知禮之人」。知禮之人，打仗能勝兩利，祭祀又受到祝福。其是禮與兵相提並論，左右逢源，無往而不利。

二〇〇九年

佛手喜神⋯⋯

三月頭裏在曼赫頓的食物精品店偶遇佛手一隻，可惜已經手指折斷，皮色枯黃；於是留下電話，叮嚀店員：若有新鮮的請即通知。那深棕色皮膚的年輕店員亦給我一張卡片作為聯絡。八個月來三番四次去追問，並無結果，也就是丟在一旁淡忘了。好了這一陣子忙得頭昏轉向，狼狽異常之際，卻失驚無神收得消息：「佛手已到，有緣請早。」那顆被俗務紅塵弄得灰濛濛的心眼之中忽然浮現了一隻佛手，明艷嬌黃如同形狀優異的月亮，照引着我丟下一切前往。到店之後，果然看見在一眾水果之中凸顯五隻巨大怒張的佛手，喜之不盡，連忙取購三隻，每隻美金十五大元。

哪裏又去找大觀窯的大盤兒？卻把那灰藍的陶臼拿出來，正好襯托這三隻明黃大佛手，女兒見了也說頗具氣勢，過兩天心思思，再去添購兩隻，已經是次一等的了，價錢卻依舊，其中一隻還帶點綠意，手指微合，姿態比前三隻要含蓄，追問之下，才知道通共來了十二隻，出產地是加州。一隻給了女兒，另一隻放在鐵芬妮水晶杯上，杯內放點清水，放在案頭清供，偶爾傳來一股幽香，那香氣近似檸檬而沒有檸檬的刺激性，只是淡雅沉靜，略帶桂花與玫瑰的清潤。

《調鼎集》裏面說在佛手蒂上少放冰片，以濕紙圍團，經久不壞。又，搗蒜罨蒂，其香更溢，哪裏又去找冰片？蒜頭更不敢造次。只取棉花濕水貼着佛手蒂，放了一星期依然堅挺如故，只是皮色略呈焦黃斑點。數一數，每隻佛手有手指二十六七隻，看上去倒有點像海葵。《清稗類鈔》裏面有「佛手柑」條：「佛手柑為常綠灌木，產於閩、廣，與香櫞同種，高丈餘，亦稱佛指香櫞。葉橢圓，鋸齒甚細，葉腋有刺，春開白花，五瓣。夏末實熟，皮黃如柚，形長，上端分歧十餘，如手指，清香襲人，蜜漬可食。」書中所載佛手有手指「十餘」，而這加州佛手的手指卻幾達三十，龐然巨物，大異其趣。

我見這佛手已呈焦黃，連忙將之清洗切碎，一部分曬乾入瓶，以作他日泡茶之用。一部分則用來做果醬。方法是把切碎之佛手用清水泡浸一小時，又用大火煮三十分鐘，直至佛手呈透明狀，加入三杯砂糖，改用慢火細煮，不時攪拌，直至佛手呈晶瑩狀態，而糖水亦略呈膠狀。佛手煮妥之後再澆上干邑白蘭地一小杯，攪拌均勻，待冷卻後入瓶。也有人喜歡在內加上桂花或薑汁，可以用來塗麵包，也可以沖水泡飲，可治喉嚨不適。

《食話實說》（李其功著）裏面提到用佛手燉肉，很值得參考：「……縮成了很小的佛手乾兒了，但我還是捨不得扔掉。有一次在燉肉的時候，我靈機一動，能不能用佛手來代替陳皮作為調料呢？放了點佛手進去，燉出來的肉果然香味撲鼻，其作用要比陳皮好得多，而且兼有食療作用。」

《調鼎集》裏面有佛手露：將佛手切條，浸酒。另外有佛手糕：取佛手汁，和糯米粉，包豆沙，脂油丁，小甑蒸，這我倒有點弄不明白。照我的經驗，佛手切開來全無果肉可言，更不用說取汁了。除非是和水久煮取其湯汁。

《養生益壽食譜》中有金柑佛手茶，可以清熱生津，化痰利咽，材料是佛手十二克，金柑十五枚，冰糖八十克。將金柑、佛手同切碎，一同放入壺中，加入冰糖，用沸水三杯冲泡即可。待沸水轉暖和即可飲用。

詠佛手的詩並不多見，清朝李琴夫的詠佛手卻得到袁枚極高的評價，在《隨園詩話》中曰：「詠佛手至此，可謂空前絕後矣。」其詩如下：

白業堂前幾樹黃，
摘來猶似帶新霜。
自從散得開花後，
空手歸來總是香。

二〇〇九年

聞香記……

香氣所能提供的愉悅比較上飄渺神秘，無迹可尋。我喜歡玫瑰水的氣味，毛巾和手帕上總會輕輕地灑上一點，我喜歡在初夏陽光中曬乾的襯衣，白得如同雲朵，且有橙花的氣息，一陣子就過去了；我還喜歡荷荷巴和甘油做成的透明碧綠肥皂，還是海棠依芙蓮的牌子，十年前搜購了八盒，因為知道停止出品了，用剩了三盒，總捨不得再用，如今翻出來一嗅，清香轉弱，平添了一重乾旱的異味。由此可見這香氣也有時限，並不永遠。

照張愛玲的說法，音樂比氣味更靠不住，像水一般流去，人生的一切就如斯消逝，了無痕迹，只有顏色是實在的。當然其實顏色也在靜悄悄地變淡，不過過程緩慢，所以更加殘忍。

茶所提供的享受之一是茶香。所以前些時台灣的茶具流行茶杯之外另加一高身筒形的聞香杯。茶湯泡好之後先注入聞香杯，筒形細口的杯方便香氣的保存和運送。細細鑑定了茶香之後，再注入飲用的杯子。品茶之際，聞香杯中的餘韻還可繼續給予嗅覺方面的愉悅，實行來個茶和味的共鳴合奏，使喝茶的樂趣轉為立體。

我喜歡用紫砂壺，特別是泡半發酵的烏龍和普洱老茶，給我帶來嗅覺的樂趣，同時也給我帶來了煩惱。紫砂壺具有特殊的雙氣孔結構，透而不漏，引發茶氣功效特強，但因為保溫性高，不宜泡龍井，會影響鮮爽，導致苦澀。我喜歡把乾的老茶葉放入升溫的紫砂壺，加蓋焗一陣子，打開來聞一聞那一縷怡神的果仁香氣，然後方沖水泡茶。

新的紫砂壺也給我帶來麻煩，因為有土腥味，先得進行一番去味的處理。把新壺放入一鍋水中，加一塊豆腐，煮半句鐘，去掉火氣，再換一鍋水，放一把粗茶葉又煮半句鐘，最後用清水煮半句鐘，那才可以用了。有這個麻煩的！有時候用牙膏把紫砂壺裏裏外外仔細地擦一遍，去土腥氣兼壺中細微的砂粒。

如果購得一把心愛的老紫砂壺，那問題可就大了。壺中那股神秘古遠的氣味簡直匪夷所思，說不定是病人用過的，又或者收藏家的後人無知，因利就便用來盛麻油醬油。紫砂壺最怕油污，洗也洗不掉，有人建議用漂白水，太霸道了，只怕傷了壺。最後的一着是把壺送入窰中再燒一次去味，但弄得不好會把壺燒得炸掉，化為一堆廢料碎片。這倒也乾淨。

看來人生在世不論是戀愛結婚、生兒育女，甚或藝術創作，皆是煩惱痛苦與愉悅滿足參半，非只是喝茶一樣。有一種宗教情懷是發覺愉悅也是痛苦，因為會帶來失落，因此不去追求愉悅，反要躲避着。James Joyce 的自傳式小說《一幅年青藝術家的肖像》（*A Portrait of the Artist as a Young Man*, 1916）裏面的史提芬在聽道之後，似有頓悟，開始進行克己之修行。史提芬發覺自己對難聞的氣味並無本能的反感，焦油和糞便的氣味他亦不怕。唯一使他反胃的是久放的魚肉散發的腥臭，如同隔夜的尿臊，因此他一有機會便逼使自己去聞這腥臭之氣。當然這樣的修行是極其浮淺幼稚的，難怪史提芬很快便放棄了。

法國聖女德肋撒有一次在告解之前自我省察，記起自己曾經有一次很享受地聞過一瓶古龍水。她視這一點官感方面的愉悅為罪過。她早期在修道院中，刻意選用陳舊難看的工具。她的一個針線籃子破了，有人替她用絨布縫上蓋好，她把絨布拆下，反過來再縫上。她得到了一枚飾有假珍珠的針，立即把那假珍珠摘下。有修女把她室內的傢俬抹上了一層亞麻籽油，她命那修女把那層油擦掉。

德肋撒道行高深，但在這件事上頭我卻覺得她太刻意執着。不過她後來進入化境。她說起初為了修行克己，故意在進食時想一些不愉快的事情去削減進食的享受，但她說：「到了後來，我變得更為單純，遇上了合胃口的食物，我也甘之如飴地照吃無誤。」這才是真正的順從。

二〇一〇年

馬桶記……

依照宋以朗的推斷，《異鄉記》其實是張愛玲在一九四六年頭由上海往溫州找胡蘭成途中所寫的札記。札記中所描述的火車旅途上的人物，和在鄉間寄居時的日常生活，似是瑣碎到了極點，卻總是關情。照張愛玲的說法，《異鄉記》是她自己覺得非寫不可，那背後的原因只有一個——「拉尼，你就在不遠麼？我是不是離你近了些呢，拉尼？我是一直線地向着他，像火箭射出去，在黑夜裏奔向月亮。」

只有在這短短的一段裏，張愛玲直接透露了消息；在其他的時候，她寫陰慘的錢莊、倉皇的月台、淡藍的天幕、微麻的女傭、空蕩的馬路，一切的一切，是不寫之寫。就因為這道愛情的柔和光輝，使在路途中所見的小黃狗和紫棉袍都情緒飽滿，一如胡蘭成所言：「是這樣一種青春的美，讀她的作品，如同在一架鋼琴上行走，每一步都發出音樂。」

《異鄉記》裏面寫到排泄的地方，亦應當作如是觀。她到了杭州，投宿蔡醫生家，飯後「請女傭帶我到解手的地方，原來就在樓梯底下一個陰暗的角落裏，放着一隻高腳馬桶。我伸手鉗起（筆者按：鉗字活現）那黑膩膩的木蓋，勉強使自己坐下去，正好面對着廚房，全然沒有一點掩護。風颼颼的，此地就是過道，人來人往，我也不確定是不是應當對他們點頭微笑。」

這原是尷尬到了極點的處境，但她心平氣和，用細緻而幾乎是幽默的筆觸紀錄下來。又一次汽車停下來要加煤，她急着要解手，走去煤棧對過孤伶伶一個小茅亭，亭前面還掛着半截簾子，「其實這簾子統共就剩下兩三根茅草，飄飄的，如同一個時期流行的非常稀的前劉海。我沒辦法，看看那木板搭的座子，被尿淋得稀濕的，也沒法往上面坐，只能站着。又剛碰到經期，冬天的衣服也特別累贅，我把棉袍與襯裏的絨線馬甲毛衫一層層地摟上去，竭力托着，同時手裏還拿着別針、綿花，腳踩在搖搖晃晃的兩塊濕漉漉的磚頭上，又怕跌，還得騰出兩隻手指勾住亭子上的細篾架子。一汽車的人在那裏等着，我又窘，又累，在那茅亭裏掙扎了半天，面無人色地走了下來。」

我不惜把這一整段錄下，因為文字太好了。裏面有前劉海的明喻，細節的捕捉，包括那細篾架子。又詳細描述她如何掙扎。即使是面無人色，那文字卻元神充沛，史詩格局。正如她在〈談跳舞〉裏面說到了一種印度舞，叫人想到太陽照着的泥沼，裏面有生命在劇烈地活動，看似齷齪，其實只是混沌。「齷齪永遠是由於閉塞，由於局部的死，那樣元氣旺盛的東西是不齷齪的。」

排泄的所在正是愛情的宮殿。這早在《金鎖記》裏面便由七巧透露了風聲：「你們瞧咱們新少奶奶老實呀——一見了白哥兒，她就得去上馬桶！真的！你信不信？」

《同學少年都不賤》裏面的趙珏愛上了赫素容；一次看見了赫素容上廁所，待她走了，自己偷偷地進去，也不顧抽水馬桶座板是否潮濕，就坐下，那微溫的舊木果然乾燥。「空氣中是否有輕微臭味？如果有，也不過表示她的女神是人身。」

我們忽然之間明白，為何《怨女》中的銀娣在聽到賣宵夜的小販有腔有調地唱着：「嗳呵……赤豆糕！」只覺得心裏頓時空空洞洞；反而在黎明時聽到馬桶的伕子叫喊聲，倒有一種狂喜。

二〇一二年

炊煙驚魂
::::

年輕朋友相信很少看見過炊煙，只因為如今煮飯做菜都用電飯鍋煤氣爐。小時候看過人家廚房裏用燒炭的紅泥火爐煮瓦鐔白米飯，但見炮塔頂上冒着熊熊烈火，爐口噴出濃厚白煙。那火爐整個地像是一隻生命力強盛的小獸。冬日裏街上有賣烤山芋和裹蒸糉的，鐵桶上炊煙不散，叫人頓生溫暖自在人間之感。隔了半世紀回頭望，燒柴燒炭似是頗為浪漫的玩意，但如今燒炭只叫人聯想到自殺。

胡蘭成在《今生今世》追憶童年：「等我知人事已是民國初年。民國世界山河浩蕩，縱有諸般不如意，亦到底敞陽。但凡我家裏來了人客，便鄰婦亦說話含笑，幫我在簷頭剝筍，母親在廚下，煎炒之聲，響連四壁，炊煙裊到庭前，亮麗動人心，此即村落人家亦有現世的華麗。」這是比較愉快的聯想。

沈從文的短篇〈黃昏〉裏的炊煙，卻又是另一番懷抱。短篇說的是長江中部某一縣的小小石頭城，城中有一處監獄，住了好些犯人和無辜的農民，不時有官兵前來「提人」，拎出去殺頭。這裏也有炊煙，只是這炊煙使一切變得更抑鬱許多了：「傍近城牆附近一帶邊街上人家，照習慣樣子，到了這時節，各個人家黑色的屋脊上小小的煙囪，都發出濕濕的似乎分量極重的柴煙。這炊煙次第而起，參差不齊，先是彷彿不大高興燃好，待到既已燃好，不得不勉強自煙囪躍出時，一出煙囪便無力上揚了。這些炊煙留連於屋脊，徘徊躊躕，團結不散，終於就結成一片，等到黃昏時節，便如帷幕一樣，把一切都包裹到薄霧裏去。」這炊煙完全像一個人，不太高興，勉強躍出，徘徊躊躕，無力上揚，皆因面對殘酷不仁的人生，連柴煙都變得濕濕的極為沉重，多半是為了下雨的緣故。舉炊吃飯無非是要活下去，但監獄裏的人家隨時會弄得家散人亡，因此連這炊煙也有氣無力，一派失魂落魄的樣子。

張愛玲在〈《太太萬歲》題記〉說到一個普通人家的太太：「她的氣息是

我們最熟悉的，如同樓下人家炊煙的氣味，淡淡的，午夢一般的，微微有一點窒息；從窗子裏一陣陣地透進來，隨即有炒菜下鍋的沙沙的清而急的流水似的聲音。」「微微有一點窒息」，那是張愛玲特有的聯想，關乎她對做主婦的抗拒，不願當炊煙中的女人。即使她和胡蘭成結婚，卻像胡蘭成所說的：「兩人怎樣亦做不像夫妻的樣子，卻依然一個是金童，一個是玉女。」〈《太太萬歲》題記〉裏又說：「John Gassner 批評 *Our Town* 那齣戲，說它『將人性加以肯定——一種簡單的人性，只求安靜地完成它的生命與戀愛與死亡的循環。』《太太萬歲》的題材也屬於這一類。戲的進行也應當像日光的移動，濛濛地從房間的這一角落，照到那一個角落，簡直看不見它動，卻又是倏忽的。」這濛濛地移動的日光裏，自有炊煙裊裊冒升，炊煙裏隱隱浮現了生命、戀愛、死亡的循環。

要到了《異鄉記》，那炊煙才以赤裸裸的真姿態冒現。其時張愛玲寄居在閔家莊，百無聊賴太寂寞，一心只想早日和胡蘭成相見。她這樣描述莊上的日子：「大家從早到晚只忙得一個吃。每天，那白房子噴出白色的炊煙的時候，那就是它『真個銷魂』的時候了。在中午與傍晚，漫山遍野的小白房子都冒煙了，從壁上挖的一個小洞裏，真的有點像『生魂出竅』，『魂飛天外，魄散九霄』。有時候，在潮溼的空氣裏，炊煙久久不散，那微帶辛辣的清香，真是太迷人的。」

張愛玲當時的心境，好難捕捉。從上海出發千里尋夫，路途上一步一驚心，前途不知是凶是吉，一方面又滿懷憧憬。看着萬山遍野的炊煙，只覺魂飛魄散；而在同時那炊煙的氣「真是太迷人的」，卻又全是戀愛心情。

「山頂的曲線有一處微微凹進去，停着一朵白雲。昨天晚上這裏有一點亮光，不能確定是燈還是星。真要是有個人家住在山頂上，這白雲就是炊煙了。果然是在那裏漸漸飄散，彷彿比平常的雲彩散得快些。」這恐怕只是張愛玲的一廂情願，因情生境；燈光星辰，雲彩炊煙，這人間仙境莫非就是她最終的夢想？

二〇一二年

牀上的早餐

……

有一樣事情我從來都沒有做過，也沒有意願在有生之年嘗試。這件事情有個名堂，曰周日牀上吃早餐。一來是我看不慣那副懶洋洋的德性：倘若在牀上進食的是個美人，那勉強還可以稱之謂「整日價情思睡昏昏」，如果是個大漢，那模樣更是老沒出息不像個話；二來這樣頭未梳牙未刷便睡眼惺忪腸胃朦朧地大剌剌地來躺在牀上吃其火腿煎蛋喝奶茶，是否真的食而能知其味還在其次，主要是給人一個齷齪污穢不衛生的印象。這供人休憩的所在同時也是成人遊樂場，雖說是食色雙關，但在此進食卻是把兩樣情事互相混淆，變得霧數難堪，並不有趣；今朝的咖啡漬和昨夜的殘雲淌落在一處，那可真是濃得化不開了。

當然吃東西不一定要正襟危坐對着桌子。我曾經在紐約的地下火車上見過有人站着托着個膠盒子吃乾炒牛河，吃得津津有味，旁若無人，這人是個中國人，身為同胞的我也覺得很丟臉。平常上班的日子，你可以在中午的紐約市看見一眾白領，坐在馬路邊的噴泉雕像處的石凳吃三文治喝礦泉水，一邊觀看鴿子在陽光之中散步。這倒是一幅賞心悅目的圖畫，叫人興起一陣忙裏偷閒，浮生若夢的感覺。

美國作家卡普特（Truman Capote）著有短篇小說〈鐵芬妮的早餐〉（"Breakfast at Tiffany's," 1958）。小說裏面的荷莉說自己憂來無方之際，便會乘計程汽車前往紐約市的珠寶店鐵芬妮，「那裏安靜而華貴的氣氛能叫人立即冷靜下來；那裏有穿西裝的友善男士，也叫人安心……」在原著裏荷莉並沒有真正前往鐵芬妮吃早餐，但是在電影裏，荷莉在大清早穿了晚禮服珠光寶氣地拿着麵包和咖啡在鐵芬妮的櫥窗面前流連觀賞。我也很願意手拿一條法國長麵包，前往紐約的丹麥瓷器店觀看那一系列的安徒生童話人物瓷藝——拇指姑娘、人魚公主，以及堅定的錫兵。嚼着有麥香的麵包，看着顏色素雅而晶瑩的瓷像，人一下子彷彿又回到那無憂無慮而帶沉悶的流金歲月裏去了。

或者是在夏日的海灘喝礦泉水，在春天的小青草地吃三文治，甚至在繁忙的街道上邊走邊吃一小塊牛油月亮圓曲奇。至於電影中的英國鄉紳或淑女，一大清早由管家或傭人雙手捧着個早餐托盤而入，侍候他們在牀上吃早餐，總是看得我大惑不解：懶得那個樣子，是否吃完了早餐繼續睡覺？如果還是要起牀的話，為什麼不乾脆先起牀好好地梳洗如廁，換件衣服，然後精神爽利地享用早點？

至於美國電影中的中產階級也有在牀上用早點的，莫非是巴巴的自己起牀煎香腸冲奶茶，然後再把早餐托盤搬到牀上去？這樣也真太荒謬了。當然侍候的可以是配偶，這樣一來，我的問題是：哪一個配偶侍候，哪一個配偶享用？大男人主義的想頭自然是：我一周辛勞賺錢養家，內子替我弄個周日牀上早餐，也是理所當然，天公地道。

但凡牽涉到夫妻牀第之事，便內情複雜，不可一概而論，也不可單看表面。在詹姆斯．喬伊斯的長篇小說《尤利西斯》（*Ulysses*）裏面，主角布盧姆一大清早心情愉快，腳步輕盈地替他的妻子瑪莉恩在廚房做早餐。他在托盤上放了四片塗了黃油的麵包，並且體諒地想：她不喜歡把盤子裝得滿滿的。他問瑪莉恩：「早餐你想來點兒什麼嗎？」一個半睡半醒的聲音輕輕地咕噥道：「唔。」可見她也沒有打算起牀洗臉擦牙。但是布盧姆還是體諒地想：「做火腿蛋吧，可別。天氣這麼乾旱，沒有好吃的蛋。」他還知道瑪莉恩喜歡隔天的麵包，兩頭烤得熱熱的，外殼焦而鬆脆，吃起來覺得像是回復了青春。

布盧姆的愛妻之情在這盤早餐上表露無遺。然而事情有了變化；同日晚間，布盧姆在睡覺之前，若無其事地關照瑪莉恩明天早上替他預備一份牀上早餐。瑪莉恩聽了大為驚訝，不知道為什麼自己的地位突然下降。原來布盧姆識穿了瑪莉恩和別人偷情，卻不動聲色，只是藉牀上早餐一事來向妻子暗示如今乾坤倒轉，恩情不再。

二〇一〇年

茗煙的名字

::::::

我心目中的茗煙比較清秀。雖然《紅樓夢》並沒有正面描繪茗煙的容貌，但依照寶玉的脾性，如此近身和得用的小廝，也只好如此。況且寶玉好茶，不會隨便把這麼一個漂亮而又和茶葉有關的名字加諸不入他眼的俗物。沒有玷辱了好名字。寶玉前往花自芳家去探望襲人，由他陪同，寶玉悄悄地到水仙庵祭奠金釧的心事，他猜得透。坊間的飛燕、則天外傳，由他偷偷供給寶玉解悶消閒。劉姥姥信口開河編的茗玉小姐祠堂，寶玉也叫茗煙去尋找。（值得注意的是此處「茗玉」、「茗煙」兩個名字都從「茶」字上頭演化出來。）鬧書房一段他也動粗說髒，但不失為水仙花一般通透的人物。

但就連茗煙這個小廝的名字，也出現了前後不一致的問題，只因為八十回抄本的《紅樓夢》有很多地方還是未定稿。茗煙初是茗煙，到了第二十四回，忽然改稱焙茗；到了第三十九回以後，復又用茗煙。脂批系列的抄本皆沒有交代改名字的原因，但是到了高鶚手裏，便在第二十四回裏面平添了一段文字，由茗煙自己道出：「我不叫茗煙了。我們寶二爺嫌『煙』字不好，改了叫焙茗了……」高鶚注意到茗煙的名字前後不符，於是補上一筆，略作交代，本來無可厚非，只是硬派茗煙說寶玉嫌「煙」字不好，卻大大違背了曹雪芹的意思。

有趣的是胡文彬在《紅樓夢與中國文化論稿》中似乎也附會了高鶚的看法「……聯想到《紅樓夢》中所寫的丫環以琴棋書畫命名，可見寫小廝有泉、雲、花、鶴，不能缺『茶』——『茗』的。而『焙』字，那是製茶中不能省去的，而把『茗』與『煙』合作一人名，則和前面四位小廝的名字不和諧。因為『茗』和『煙』都是名詞。且《紅樓夢》中根本沒有在『煙』字上作什麼特殊的描寫和渲染。因此，我認為曹雪芹改茗煙為焙茗，是經過一番考慮的。」

寶玉一眾小廝的名字在曹雪芹的想像中始終處於浮游狀態，沒有固定下來。在第九回中是「鋤藥、掃紅、墨雨、茗煙」。在第二十四回化成「焙茗、鋤藥、引泉、排雲、伴鶴」，而原先的「掃紅」變成「掃花」。到了第五十二回又縮為「茗煙、伴鶴、鋤藥、掃紅」四個。說「茗煙」和其他小廝名字不和諧，也未必。在第九回中，「茗煙」和「墨雨」就對上了。到了第二十四回因為寫茗煙和鋤藥在一起下棋拌嘴，才順筆把「茗煙」改為「焙茗」，好和「鋤藥」對上。到後來覺得還是「茗煙」好，又再復舊。（當然我也是在寫小說。）

胡文彬說「茗」和「煙」都是名詞，這我不敢苟同。起碼在這裏不是。如果一定要用外文語法來分析，這裏的「茗」是形容詞：白煙、黑煙、濃煙、茗煙。茗煙，就是因烹茶而冒出的爐煙。

「焙」是製茶中不能省去的一度手續，沒錯。但是五穀不分，四體不勤的寶玉不會把此等製茶粗活放在心上，而烹茶倒是怡紅院中的正經事兒。胡文彬說「《紅樓夢》中根本沒有在『煙』字上作什麼特殊的描寫和渲染」，更加不知從何說起。

在第十七、十八回中，賈政和寶玉遊省親別墅遊至鳳尾森森，龍吟細細的瀟湘館前身，賈政嘆道：「若能月夜至此窗下讀書，也不枉虛生一世。」寶玉卻想到了一副對聯：「寶鼎茶閑煙尚綠，幽窗棋罷指猶涼。」這分明是寶玉和他老子抬槓；父親說窗下宜讀書，兒子偏說幽窗好下棋。幸虧賈政在詩詞上實不甚用心，沒有會意過來。至於「寶鼎茶閑煙尚綠」，說的是在竹林中烹茶之後，餘下的爐煙還裊裊地停留在竹枝之上，透着綠意。這才是茗煙名字的真正意思。

寶玉作的四時即事詩裏面，四首裏面佔了三首提及茶。〈夏夜即事〉裏面有「倦繡佳人幽夢長，金籠鸚鵡喚茶湯」；〈冬夜即事〉裏面有「卻喜侍兒知試茗，掃將新雪及時烹」，足以說明怡紅院中的茶有時是煮出來的；既然煮茶，就有煙，因此〈秋夜即事〉裏面有「靜夜不眠因酒渴，沉煙重撥索烹茶」。這裏的「沉煙」是爐中的深炭餘火，這「沉煙」也是煮茶的茶煙。

這茶煙，其實一直在古詩中出現，如陸游的〈湖山〉：「茶煙映山起，酒旆傍堤斜」，又如杜牧的〈題禪院〉：「今日鬢絲禪榻畔，茶煙輕颺落花風」。這皆說明古人飲茶先要煮茶，而不是像今人那樣泡茶。

寶玉好茶，看見瀟湘館觸景生情，「茶煙」上頭幻化成「茗煙」。「煙雲」

本來就是《紅樓夢》中的關目，書中的岫煙和湘雲就是一對子，茗煙和挑雲又是一對。美人的恩情，雋永的茶味，皆如煙雲一般易散難逢。

二〇〇九年

觀茶記

⋮

早上用有蓋有茶隔的玻璃杯給自己泡了台灣柚子老茶。此茶未泡之前的那一股果香分外醒神。小丫丫曾經嗅了一嗅，評曰：「好像葡萄乾的氣味。」很快便泡成了極濃的橙褐茶湯，迎着天光，轉為明艷照人的殷紅，把茶隔取出另放在小圓碟子上，趁熱呷了一口，甘飴鮮爽。本來打算把這茶送進冰箱鎮着，鎮成為酸酸涼涼的夏日佳飲，但是因為趕着出外辦點事，忘了，就這樣擱在書桌上，辦妥事下午回家，老伴輕描淡寫：「BB仔把你的茶打翻了。我們夾手夾腳搬工具書，移案頭玻璃，把茶水都抹乾淨了。你大概沒有看出來。」

其實我早就留意案頭上的一張白稿紙上有乾掉的茶漬，化染得蜿蜒曲折，高低有致，彷彿一抹雲霧中的遠山，渾然天成，不落痕迹，而且意境清幽，野趣盈溢。這矜貴的陳年黑茶，在提供了香和味的愉悅之外，又經小慶的巧手一揮，而添增了多一重色的享受，真可以說是意外之喜。

茶葉本身的形態顏色也很耐看。例如說，這生長在台灣二千公尺梨山上的軟枝烏龍，經過萎凋、殺菁、揉捻和烘焙之後，縮皺成深綠色的豆子大小。我喜歡先把茶葉沙沙地傾注入灰綠色的茶荷裏面，用孟宗竹刻成的茶針挑撥一陣，方才放入肥圓的玻璃小茶壺內用水泡浸，隔着玻璃看豆子般結實的乾茶葉冒出蟹眼水珠子，慢慢地在水中騷動，伸展，擴散，復活成翠綠的葉子，有時候還可以分辨出兩片大茶葉中間夾着的兩片嫩綠茶芽。那被揉捻成團的軟枝，在溫水中掙扎着，扭扭曲曲地，大有回復為陽光中堅挺的意思。

清平山人徐映璞先生曾寫了一篇〈清平茶話〉，裏面有這樣的泡茶描述：「因取圓底白瓷小盂，新茶一撮，冲沸水三四両，加蓋。頃之，揭開，宛如白水，芳香盈溢，茶芽二三十枚，一株兩葉，株株植於盂底，無一橫斜倒側者，平生所見佳茶，此為第一。」

泡浸西湖龍井也有這般好看，片片麥粒似的葉子轉眼化成雀舌、蘭花，舒展垂直，淺綠溫潤。我很願意相信龍井蝦仁這道菜式也是打翻茶引致的意外之喜。青綠垂直的茶葉紛紛散落在晶瑩細圓的蝦仁上面，構成了顏色和形狀的對位旋律，視覺效果別具一格，竟也就將錯就錯地成了雋永的名菜。高山的葉子和小河的明蝦，一下子成了對，成為桌上盤中的另類風景，可口悅目，兼而有之。

王朝聞寫的《論鳳姐》抽絲剝繭，卻原來他品茗亦另有一功。沈祖安在〈品茶記醇〉中就記述王朝聞到天台山高明寺喝「天台炒青」。這「天台炒青」粗看顏色黝黑，葉片長而卷曲，可是經熱水泡浸，碧綠生青，舒展直立，而且入口清香甘醇。王朝聞不禁說一聲好，並且評道：「蘇州的碧螺春淡綠而鵝黃，茶味淡恬而略甘，天台的炒青，青翠而晶瑩，味略澀，但回味極好。兩種茶葉，就像吳浙兩派的山水畫。」

沈祖安在文中附和得更好：「吳門畫派的山水畫，淡墨氤氳，雲水微茫；而浙派山水畫筆墨濃郁，蒼潤厚重。此皆地理影響人文。茶葉和繪畫不是同受山川鍾靈麼？」

繪畫可以繪的是山川，茶葉本就來自山川。杯中碗中的茶葉經過溫水的浸潤，亦會幻化成山川景色。那明淨溫暖的水是液體的陽光。唐代流行把茶餅碾成茶末，再把茶末加在水中煎煮。一邊煎茶，一邊攪動，漸漸地沸騰的水面浮現泡沫。這泡沫稱湯花。湯花分三類：細而輕的叫「花」，薄而密的叫「沫」，厚而綿的叫「餑」。陸羽在《茶經》中這樣形容「花」：「如棗花漂漂然於環池之上；又如回潭曲渚青萍之始生；又如晴天爽朗有浮雲鱗然。」陸羽眼中的「沫」又是這樣：「若綠錢浮於水湄，又如菊英墮於樽俎之中。」至於厚而綿的「餑」，卻被陸羽看成了「重華累沫，皤皤然若積雪」。

荷塘浮萍，藍天白雲，高山積雪，原來都在茶碗之中自成風景，可供觀賞，陶冶性情，藉此暫時忘記碗外的鬧烘烘和亂紛紛。

二〇〇九年

品茗與品格

……

飲茶的最高境界當然是喝與不喝都無所謂。不過是忙裏偷閒的小玩意，怡神養性，過了一陣子，還得抖擻精神幹正經事兒去。說是遊戲，也得投入認真，才能玩得有趣。但玩完了也就算了。正如戀愛的人，情到濃時轉為清淡，無所謂了。見面時只親切地打個招呼。世界上只要有這樣的一個人就好，是否屬於我實在無關重要。知道有好茶貯藏在茶倉內便心滿意足，自己能得空泡一壺喝一喝固然好，若然別人喝了喜歡，自己也一樣高興。忙時也不想它。凡事到了非要不可的地步，就成了問題，出了毛病。有老茶喝固亦佳，不然的話，在冬日裏一杯白開水也照樣能喝得通體流暢暖洋洋。

有人說能喝到一杯正文山包種老茶是福氣。我聽了只是稍微有點不自在，因為自己也在喝，因為自己也知道，真正的福氣是能夠幫助別人。魯迅也說過「有好茶喝，會喝好茶，是一種『清福』」的話。不過他說的這話帶有諷刺的距離，不可斷章取義，因為他接着說下去的是「不過要享這『清福』，首先就須有工夫，其次是練習出來的特別感覺，由這一極瑣屑的經驗，我想，假使是一個使用筋力的工人，在喉乾欲裂的時候，那麼，即使給他龍井芽茶、珠蘭窨片，恐怕他喝起來也未必覺得和熱水有什麼大區別。」

魯迅的結論是細膩和敏銳的感覺，如果有礙生命的進化，便是病態：「喝過茶，望着秋天，我於是想：不識好茶，沒有秋思，倒也罷了。」魯迅的這論調出現在〈喝茶〉這篇短文內。在文中起首魯迅說自己在公司買了二兩好茶葉：「開首泡了一壺，怕它冷得快，用棉襖包起來，卻不料鄭重其事的來喝的時候，味道竟和我一向喝着的粗茶差不多，顏色也很重濁。我知道自己是錯誤了。喝好茶，是要用蓋碗的。於是用蓋碗，果然，泡了之後，色清而味甘，微香而小苦，確是好茶葉。」

由此可見，魯迅喝茶亦並非不講究。其實魯迅也喜歡喝茶，他在日記中就曾多次提及。一九一二年五月二十六日：「下午同季市、詩荃至觀音街青雲閣啜茗。」同年十二月三十一日：「午後同季市至觀音街……又共啜茗於青雲閣，食蝦仁麵。」一九一七年十一月十八日：「午同二弟往觀音街買食餌，又至青雲閣玉壺春飲茗，食春卷。」

魯迅喝茶喜歡用蓋碗，在《胡風傳》中也有佐證。在傳記中，梅志記述在一九三五年九月二十四日胡風搬進了大房子，請魯迅一家吃飯。飯後，梅志取出日本茶具招待魯迅，「魯迅先生對茶具看了看，說，它除了很漂亮外，對我們是不適用的。我們還是用蓋碗喝茶的好。他雖然這麼說，還是將倒給他的茶一飲而盡。」從這一細節上頭，我們可以看得出，魯迅喝茶雖然有他的講究，卻並不固執堅持，流露出隨和的風神，特顯品格。

三十年代的上海，每至夏天，沿街店舖設有茶桶，供過路者用竹筒舀茶解渴。魯迅有日本好友內山在上海開書店，門口亦置放茶桶。魯迅就十分贊同此舉，曾多次資助茶葉，合作施茶。

魯迅的弟周作人也愛喝茶，曾在雜文中多次提及，在〈喝茶〉一文中，周作人作出這樣的論調：「我的所謂喝茶，卻是在喝清茶，在賞鑑其色與香與味，意未必在止渴，自然更不在果腹了。」「喝茶當於瓦屋低窗下，清泉綠茶，用素雅的陶瓷茶具，同二三人共飲，得半日之閑，可抵十年的塵夢。喝茶之後，再去繼續修各人的勝業，無論為名為利，都無不可，但偶然的片刻優游乃正亦斷不可少。」

周作人的這一番論調本亦無可厚非。看他在雜文中多次滔滔論茶，自有一番見地。他一再申明喝茶以綠茶、清茶為正宗。其間的一個原因是因為他本家紹興就只出產本山綠茶。周作人認為「紅茶已經沒有什麼意味」，這是他的地方性局限。在〈《茶之書》序〉裏面，他說：「吾鄉多樹木，店頭不設坫而用板桌長凳，但其素樸亦不相上下，茶具則一蓋碗，不必帶托，中泡清茶，吃之歷時頗長，日坐茶店，為平民悅樂之一。」又說「紅茶加糖，可謂俗矣」。

周作人說茶喝完之後可以繼續修各人的勝業，而他的「勝業」是當漢奸。

二〇一〇年

幸福三合茶

⋯⋯⋯⋯⋯

錢鍾書的《圍城》裏面引用了一句著名的法國諺語：「婚姻是被圍困的城堡，城外的人想衝進去，城裏的人想逃出來。」這樣的婚姻觀未免沾染上了一點犬儒的精神。事實上錢鍾書和楊絳的鑽石姻緣看來卻是相當美滿和理想的。楊絳在晚年寫的回憶錄《我們仨》，追憶逝去的丈夫和愛女錢瑗，尤其一再告訴大家他們所擁有的實在是人間難得一見的幸福家庭。

歷史的洪流只影響了他們的物質生活，但他們一直都在努力而本分地過其清門淨戶的日子，與世無爭，只專注於自己的學術研究和藝術創作，他們盡心經營小世界盡享親情之樂。錢鍾書自然是世界公認的大學者，但是單看楊絳的回憶錄，他們的世界還只是限於一個非常「戶內」的世界，盡見柔情溫暖，對於夫婦關係的陰暗面幾乎完全沒有觸及。或許這是我的無理要求。楊絳自寫她的回憶，夫婦母女之間的溫情，已足夠人回味一生了。文字還是在平實中看出功力。我還是比較愛看這樣的文章，像張中行的回憶錄，實事求是，平實道來，不說無謂的話，不空叫口號，不假扮偉大，依然是清清淨淨乾乾淨淨地過日子。饒是如此，命運還是出了橫手，在楊絳的晚年先後奪去親夫和愛女。

九十多歲的老人，書寫往事卻元神充沛，從前的日子娓娓道來，細節豐富，歷歷如在目前，一點都不含糊，果然不出我所料，原來錢鍾書這樣的才子也和張愛玲一樣，在現實生活裏是「拙手笨腳」的。楊絳一再在書中說錢鍾書左右不分，連劃火柴也當作一件大事來做，又經常打翻墨水，砸破格燈。幸好他還會做菜。楊絳追憶當年在牛津生下女兒，錢鍾書接了她回家，親自燉了雞湯，還剝了碧綠的嫩蠶豆瓣，煮在湯裏，盛在碗裏給她吃。

事實上，楊絳在寫牛津的一段日子，頗花了點筆墨寫日常居家的飲食，叫人看得很感興趣。她寫同學間共吃下午茶：「他們教鍾書和我怎麼做茶。先把茶壺溫過，每人用滿滿一茶匙茶葉：你一匙，我一匙，他一匙，也給茶壺一滿匙。四人喝茶用五匙茶葉，三人用四匙。開水可以一次加，茶湯夠濃。」

這個茶還有下文：「我們一同生活的日子，——除了在大家庭裏，除了有女傭照管一日三餐的時期，除了鍾書有病的時候，這一頓早飯總是鍾書做給我吃。每晨一大茶甌的牛奶紅茶也成了他畢生戒不掉的嗜好。後來國內買不到印度的『立頓』（Lipton）茶葉了，我們用三種上好的紅茶葉摻合在一起作代替：滇紅取其香，湖紅取其苦，祁紅取其色。至今，我家裏還留着些沒用完的三合紅茶葉，我看到了還能喚起當年最快樂的日子。」

這異想天開的三合茶葉，最能說明錢鍾書和楊絳如何在艱難時世慘淡經營他們之間的幸福。在牛津的時日裏，錢鍾書還服侍楊絳吃牀上早餐呢：「他一人做好早餐，用一隻牀上用餐的小桌（像一隻稍大的飯盤，帶短腳）把早餐直端到我的牀前，我便是在酣睡中也要跳起來享用了。他煮了『五分鐘蛋』，烤了麵包，熱了牛奶，做了又濃又香的紅茶；這是他從同學處學來的本領，居然做得很好；還有黃油、果醬、蜂蜜，我從沒吃過這麼香的早飯！」

九十多歲的老人，丈夫女兒皆已逝去；然而，在回憶裏，透過文字，幸福的日子又再一次活過來。

二〇一二年

野草莓……

瑞典的一代電影宗師英瑪．褒曼終於在二〇〇七年去世，享年八十九；困擾他一生的死亡也因此消失隱退，不再是個問題：只有活着的人才會怕死。有的人藉聲色犬馬、飲食男女去逃避，有的人則嘗試冷靜地面對思考。英瑪．褒曼自己一方面縱情於女色愛情，一方面又通過電影去探討生的徒勞，死的煩惱，真可謂左右逢源，得心應手。而且我雖然討厭他的為人，卻也得承認他的電影好看。

他電影中的一大主題是死亡。他回憶說小時候有一次不知道為什麼被關在殮房，房內躺着一具女屍，蓋着長長的白布，只露出臉孔。小英瑪獨自靜靜地觀看那臉孔，忽然發覺那臉孔上的一雙眼睛正在瞪着自己。小英瑪尖叫不已。

「直到現在，我有時還會夢見這件事。」老年的英瑪微笑着說。他的《第七封印》（*The Seventh Seal*, 1957）和《野草莓》（*Wild Strawberries*, 1957）都是直接探討死亡的電影佳作。

《野草莓》裏的老醫生天性自私，和兒子媳婦的關係惡劣。這一天早上他正準備前往皇家學院接受榮譽，但在醒來之前卻先作了個怪夢，夢見自己在充滿陽光的街道上獨自行走，街上的大鐘沒有時針，又碰見了一觸即倒的怪臉人，最後又遇到了靈車，靈車裏的棺木滑落地上，應聲裂開，躺在裏面的正是老醫生自己。

聽誰說過的，夢中看見自己，是死亡的先兆。老醫生年望八旬，雖然成就得到承認，卻已接近死亡。雖然接近死亡，卻依然心冷如冰。他在前往皇家學院的路途中，經過了童年的避暑屋莊，更看見那一小片的長着野草莓的園地。《野草莓》的瑞典文是Smultronstället，其實是「一片野草莓園地」。野草莓，這散發陽光的夏日佳果，鮮紅似血，佈滿種籽，原是愛情和生命的象徵。而老醫生坐在這片長着野草莓的園地前面，再度看見了年輕時的戀人莎拉（由比比．安德遜扮演。其時比比正是英瑪．褒曼的情人）。莎拉身穿布裙，手提草籃，正在採摘野草莓。老醫生的弟弟前來和莎拉調情，但莎拉卻表明心迹，說老醫生才是自己的意中人。

老醫生望着這一幕野草莓的前塵往事，變得柔和了。其後他又在途中遇見一女兩男的年輕人，和一對互相憎恨吵嘴的夫婦，得到啟發，再又通過種種年輕時的回憶，作了一次心的天路歷程，可以安靜接受死亡。

在同年拍製的《第七封印》裏面，隨着十字軍東征了十年的武士，終於踏上歸途。而他在歸途所見，無非是觸目的死亡。其時黑死病正猖獗，聖堂壁畫上畫的滿是死神。畫匠解釋說：「骷髏頭比裸女更加引人入勝。」死亡的確是一個叫人沉思的題目。且莫說是戰亂瘟疫的時期，即使是太平盛世，死亡也會隨時翩然而至，無聲無色。

這冷臉黑衣的死神，就這樣在一個早上出現在武士的面前。武士道：「等一等。」死神說：「每個人碰上我總是這句話。」武士建議和死神下棋，贏了可以拖延時間，武士在路途上遇見各路英雄人物，包括耍雜技的一家三口，丈夫佐芙，妻子美亞，幼兒米高，坐着車一路謀生，相依為命，其樂也融融。

一天黃昏，武士和佐芙一家在路邊聊天。美亞捧出一盤新鮮採摘的野草莓，說：「我從沒見過這麼肥美的草莓。」又另外捧出一盤牛奶。武士和這家人共享這富於田園風味的晚餐。小嬰米高光着屁股爬在草地上牙牙學語，佐芙在輕彈里拉琴，在遠處的篷車外邊，可以清楚地看見表演時用的骷髏面具，提醒大家在這一切生的愉快之中，死亡正在靜靜地等候，伺機而至，無一倖免。

武士一邊吃野草莓喝牛奶，一邊想起他從前的愛妻，兩人如何一起跳舞作樂，他又如何寫詩讚美愛妻的眼睛、嘴唇和耳朵。忽然之間武士又感嘆起來：「信仰是多麼沉重的擔子。那就像愛着一個藏在黑暗中的戀人，無論你怎樣呼喚，總不聽見回應。」信仰之所以困難，是因為上帝的沉默。

但是武士把話鋒一轉：「但現在和你一家人在一起，這一切都顯得不重要了。我會記得這一刻。這黃昏時的寧靜，這野草莓，和這牛奶，這些在暮色中的臉孔，安睡的小米高，在彈琴的佐芙。我會記得我們的談話。我會雙手捧着這回憶，一如我現在捧着這盤牛奶。這將成為一個標誌，並給我帶來極大的滿足。」

這野草莓到底是真能戰勝死亡的恐懼，還是只是叫人暫時忘記？我總是在懷疑。

二〇〇九年

無花果的故事

：：：：：：

凡事做起上來總比想像中的曲折有趣：節外生枝的麻煩固然免不了，而且往往還會帶來意想不到的小插曲，叫人啼笑兩得。

女兒喜歡園藝；後院種的桃樹兩年前給鄰居壞了事，但是前院依然長着一棵她手種的無花果。半年前她往長島自立門戶，臨行之前叫我好歹對這天方夜譚的植物照顧則個。那時正值嚴冬清晨，我望着那光禿禿的蔽日橫枒，無情無緒；心想這也沒有什麼：不過是早晚澆水，果子成熟了便採摘。能夠吃點方便時鮮，何樂不為？於是當下就答應了她。

春天說來就來，那棵無花果噼哩啪啦爆滿了一樹的葉子，平攤向天如同巨大的手掌，把半邊正午陽光中的院子化作綠蔭。我看了大吃一驚，猛然想起女兒的臨別叮嚀，這才慌忙開了車房門，拉出了盤曲如蛇的長水管，對着那樹上下左右努力地澆了一番。誰知水管漏水，把車房弄得一片狼藉，於是斥資郵購一副新的，能夠自動回縮，用起來乾淨俐落得多了。原來無花果並不需要太多的水，因此遇到雨天我更樂得偷閒。但是每星期總有一次，在清晨趁陽光依然柔和之際和大樹借水傳情，順便呼吸新鮮空氣。這樹倒也識趣，漸漸結出了橄欖綠的小果子來，把病中的老伴也逗引到院子觀看，看得倦了便坐在樹蔭下休息。麻雀三兩在其間啲啲跳躍。我和她即使在周日也什麼地方都不去，只管在院子乘涼。在寧靜之中忽然有一隻拖着長尾巴的紅鳥飛上無花果的綠葉枝頭，就那樣棲身不動，無懼金丸，好像是奇異的巨大花朵，嬌艷欲滴。老伴見到不禁驚呼，指而異之。紅鳥嗖的一聲飛走了，只留下葉子搖搖晃晃，漸漸的靜止了。一種情懷，好難說清，也不知道是蒼涼還是滿足，只覺得這院子裏分明的兩個人，很是接近。

那果子老是膠着在枝枒大葉之間，總也不肯轉熟，漸漸的我不再懷有希望。水還是照舊每周澆一次，算是退休生涯中的一項活動；無所為而為，反而能夠處之泰然。八月中的一天晚飯後我和老伴復到前院散步，驀然在一片海綠的葉子之中浮現了一枚蘋果綠的無花果，在傍晚的涼風中微微顫動，體態輕盈，散發柔光，活脫就是躲在葉叢深處的一個 Tinkerbell。我連忙摘下來遞給老伴；她也懶得用衣袖去揩抹，就這樣放進口中吃將起來。

於是我每天早上便出院子摘無花果，在累積經驗之後演化出這樣的一副摘果行頭：手戴用完即棄的透明膠手套，因為摘果子之際果子的尖端會冒出乳狀液體，黏着了手指歷久不散，洗也洗不掉。身穿透明膠雨衣，避免沙紙一般的葉子擦得手腳發癢。手執餐刀，方便把果子割下；手摘會把果子撕裂。頸上套掛一個 Folio Society 的購物布袋，盛載果子。我原以為摘果子不外是攀枝撥葉，手到拿來。哪裏有這個麻煩！一下子美國殖民地時期南方黑奴採棉花採得指頭冒血的情景浮現心眼；我那自我戲劇化的老毛病又發作了。

一天下午我正躺在床上閉目養神，突然門鐘叮噹。我生怕錯過了英國寄來的善本古籍（因為要簽收），只得匆匆忙忙地下樓應門。誰知開門一看，門外站着兩位耶穌基督後期聖教會的女傳教士，其中的一個眉精眼企，笑容可掬地問：「你會聽國語嗎？」我佯裝聽不懂，只管搖頭。她又向我遞出了《守望台》雜誌，我又擺擺手。她很大方地向我道別，卻忽然回頭問我，笑得更為友善了：「這院子裏的無花果樹可是你種的？果子都熟了嘎？」我回道：「是我種的。你要不要拿幾個試試？」她笑得更為燦爛了，說：「不用了，謝謝。」

我回身把樓梯才上了一半，突然停住，笑了起來：「我這後腳可給她抽了個正着。」也罷。冰箱中還有一打無花果，加點瘦肉可以做個清湯。聽說無花果可治糖尿，正好給老伴調理調理。

二〇一七年

甜美的悠閒

〔遇上散文〕

作者　杜杜

出版　中華書局（香港）有限公司
香港北角英皇道四九九號北角工業大廈一樓 B
電話　（852）2137 2338
傳真　（852）2713 8202
電子郵件　info@chunghwabook.com.hk
網址　http://www.chunghwabook.com.hk

發行　香港聯合書刊物流有限公司
香港新界荃灣德士古道二二〇—二四八號荃灣工業中心十六樓
電話　（852）2150 2100
傳真　（852）2407 3062
電子郵件　info@suplogistics.com.hk

印刷　美雅印刷製本有限公司
香港觀塘榮業街六號海濱工業大廈四樓 A 室

版次　二〇二〇年十二月初版

規格　三十二開（190 mm×130 mm）

ISBN　978-988-8676-62-0

責任編輯　白靜薇
裝幀設計　黃希欣
排　　版　時　潔
印　　務　劉漢舉